2022 稻田文集

伊汉波○主编

光明日报出版社

图书在版编目（CIP）数据

2022稻田文集 / 伊汉波主编. -- 北京 ：光明日报
出版社，2023.12

ISBN 978-7-5194-7195-8

Ⅰ. ①2… Ⅱ. ①伊… Ⅲ. ①中国文学－当代文学－
作品综合集 Ⅳ. ①I217.1

中国国家版本馆CIP数据核字(2024)第026439号

2022 稻田文集
2022 DAOTIAN WENJI

主　　编：伊汉波

责任编辑：王　娟　　　　　　　责任校对：许　怡　杨　雪
封面设计：稻田文化　　　　　　责任印制：曹　诤

出版发行：光明日报出版社

地　　址：北京市西城区永安路 106 号，100050

电　　话：010-63169890（咨询），63131930（邮购）

传　　真：010-63131930

网　　址：http://book.gmw.cn

E - mail：gmrbcbs@gmw.cn

法律顾问：北京市兰台律师事务所龚柳方律师

印　　刷：三河市华东印刷有限公司

装　　订：三河市华东印刷有限公司

本书如有破损、缺页、装订错误，请与本社联系调换，电话：010-63131930

开　　本：170mm×240mm

字　　数：270 千字　　　　　　印　　张：15

版　　次：2024 年 6 月第 1 版　　印　　次：2024 年 6 月第 1 次印刷

书　　号：ISBN 978-7-5194-7195-8

定　　价：78.00 元

目录
CONTENTS

精选散文集

精选诗词集

精选现代诗歌

精选散文集

桑榆晚霞

经纶

有首诗，有个人，经常让我回忆。

> 曲径通幽处，
> 禅房花木深。
> 天意怜幼草，
> 人间重晚情。

回忆有时候是一个人隔着时空的美好的叙述。
回忆有时候是一个人内心最安静的表白。

经历和年龄让我再无须去奉承什么，所以我对这位老师的所有描述都是真实的。

我尤其喜欢质朴文风之美，所以所有的美都是在朴实无华的描述中让读者去感受的！

高一那年，蓝天白云下，风吹得土默特左旗塔布赛校园里的白杨树哗哗作响。

在学校里，我是一个横看纵看都没有特别之处的学生，语不惊人，貌不出众。在绽放各种美丽的青春年少时代，在美丽校园的一片碧绿中，我就是一株幼草，在不起眼的地方生长着。

直到我的班主任兼语文老师——尹瑞耀老师把我从教室中叫到他的办公室的时候，这株幼草才感觉见到了一次阳光雨露。

那年月，被老师安排做一些事情是学生的骄傲。为什么不安排别人呢？首先是一种对你的人格的信任吧，然后可能就是对你能力的放心。尹老师安排我去镇里取学校里所需要的学习资料。从塔布赛到察素齐民中仅十五千米路程，年轻人骑自行车说笑间便可抵达目的地。尹老师给我写了一张纸条，相当于介绍信。我拿在手里粗略看了上面的内容后，霎时间，呆住了……

我名字中的"金龙"二字被尹老师改成"经纶"了：今派学生郑经纶……望予以办理！

尹老师给我改了名字，这可不是什么笔误啊！多半年了！我的所有的作业本点名册上的名字尹老师不是不知道啊！

我开始是吃惊地望着尹老师。

尹老师无声地微笑地看着我。

就这样对视几秒钟后，我霎时间从他那殷殷期盼的目光中感受到了一种温暖，接着就是理解"经纶"二字的蕴意。

自幼受奶奶和父亲的文字熏陶，我比同龄人多积累了一些语文知识，这在语文课上就体现出来了。语文知识是越积累越厚实，越厚实越像长高的山。没有积累想一下拔高是不可能的。从小学到初中，这座语文知识的山形就有一点若隐若现了，最高的高度达到在全土左旗语文通考作文竞赛中摘金夺银。我的作文从初中开始就被语文老师当作范文来给大家朗读。老师辛辛苦苦把我写的作文一篇一篇用油印刻印后，订成厚厚的一本本作文册，在买不起作文选的年代，我的作文册就成了同学们人手一份的作文选，也成了那个艰难的年代里唯一给我这株幼草带来自信的精神支撑点，让我这株幼草坚强挺拔地生存着。

读高中了，虽然天外有天，人外有人，几个乡的"十八路诸侯"中各路"英雄"会集在一个学校，但基于自己的语文底子厚重，所以在班里我仍然是语文综合成绩不错的几个学生之一。

每个班都有让老师感到骄傲的学习不错的学生。我曾经揣测自己是不是尹老师手下的"几大金刚"之一？因为自己的作文被当作范文，经常被老师表扬。但是并没有像有的老师那样去明目张胆地爱护或偏袒某个学习好的学生甚至拔苗助长。有的学生本需要努力却被大夸特夸树成榜样，让学生的骄傲滋长了，让学生的虚荣心膨胀了。学习是日日渐进的事情，骄傲自满者自然会停滞不前！所以作为老师，如何引导好学生的学习至关重要。

尹老师的做法是寓教育于点滴之情，寄希望于无声之爱。他从不轻言放弃任何一个赖学生，更不会拔苗助长任何一个好学生，而是用一种无形化有形的教师的责任关怀如阳光雨露般去滋润每个学生的成长。有时候是一种眼神鼓励，有时候是一种话语激励！

老师对学习好的同学的感情像什么？我想就像一位园丁看着经他辛勤耕耘的

花园，如果都长势喜人，他岂不乐哉？有经验的园丁会在每朵花的后面下功夫，绝不会只顾着给几棵好苗子施肥浇水。

尹老师在哪里下功夫呢？

当我到达民中找到那位老师后，那位老师也对我的名字感兴趣，他长时间地看着我，好像在我的脸上寻找着"经纶"的影子！

经纶是成语中满腹经纶中的两字，代表很有文化。尹老师给我改这个名字，不能不说是意味深长啊！里面有他对我的殷殷希望和寄托，有为师者对学生之鸿鹄愿望！让我一下子有所感悟，该如何去走好自己的人生路，在心中暗暗有了谱。我的人生不再迷茫，有了方向。就像桃园结义的这一拜一样：

这一改，春风十里桃花开！笑逐颜开！

这一改，人生万里信步来！坚强豪迈！

"功夫在诗外"！

原来尹老师把功夫下在了对所有学生的深深的重视中，一个班就是他的一方田，他想让这方田里的苗子都长势喜人。我这株幼草有幸遇到滋润不是也生长起来了吗？他引导你沿着心中的期望之路走去……正所谓"曲径通幽处，禅房花木深"！

高中三年，是每个学生少年壮志不言愁的时候，更是人生懵懂初开之时。师生情、同学情、爱情，都在这个时期生根，在以后的人生中发芽。此时的交友没有势利，更没有世俗，所有的感情都在朴素纯洁地生长，而且都是人性本色的绽放，都特别纯净。此时产生的情感往往比别的年龄段产生的情缘要走得远、飞得高，很多人一生中牢不可破的友谊和感情都是从此时开始的。

当我幸运地通过高考离开自己的中学的时候，仍常常怀念这个地方，常常思念那干净的蓝天白云下的天空，还有校园里几排高大的绿色的白杨树；常常想听那风吹白杨哗哗响的声音；更常常回忆起珍贵的师生情、同学情……

时光荏苒，岁月如梭。尽管我已毕业多年，但是仍常常忆起尹老师。师恩难忘，祝福不断。我常写些小诗感念恩师：

常记塔中草青青，

白杨树下勤耕耘。

修身立德育桃李，

老师当数第一人。

　　几年前的一天，我们几位同学得知尹老师已退休从乡下搬家进了城和儿女们住在一起，大家不约而同地结伴同行去看望他。

　　初次去看望他的时候，他送给我们一本退休后写的回忆录性质的书，书名是《往事常在记忆中》。

　　文如其人。尹老师把自己的经历写在了书中，从他的平铺直叙式的娓娓道来的故事中，我看到了一个命途多舛的善良人的不易，也折射出了时代的发展。书中的人和事还有那片熟悉的故乡的土地、村名，有的很熟悉，读起来尤为亲切。尹老师带的学生成千上万，我们那一届的几个学生的名字还在他的书中出现，我们顿时被深深感动。另一本是这本书的后续——《风雨兼程五十年》，写的是教书生涯和岁月和与妻子相濡以沫的怀念类文章。

　　最近，他又写了一本《拾遗文集》。书中写了当年作为老师范毕业生的两位老师的爱情、工作以及生活经历，让我们对那个年代的人生、爱情、事业有了很深的了解和感悟，书中还有尹老师对他的小学恩师戈夫的怀念文字，读来尤其感人。

　　感恩，是人之初之善良本性，也是人之终之文明体现。老师对他的老师的感恩，让我们看见一个"桃李不言，下自成蹊"的身教胜于言传的老师的可贵的人性闪光点！

　　尹老师退休十多年了，至今笔耕不辍。

　　当尹老师得知我重新拿起笔来的时候，他特别高兴！支持和勉励的话自不必说了，让我感动的是，老师也通过网络和我一起学习探讨，学习用手机登微信写作。这种活到老、写到老、学到老的精神让人心生感慨：孔子曰："朝闻道，夕死可矣。"大概说的就是这种崇高的精神！

　　最为有趣的事情是，前几天，老师要学着给我们的文学平台写诗，我说你自己起个网名或笔名吧！没想到老师说：该轮到你给我改名字了，你给我起名吧！

　　我不由得回忆起高中时代老师给我改名的情景，这深深的师生情啊！

　　老师的殷殷期盼之情又跃然居上，该给老师起个什么网名呢？

　　望着一轮夕阳在土默特家乡洒着余晖，照得田野五彩缤纷，望着晚霞映红了天空，一首诗油然而生，涌上心头：

　　　　经事还谙事，阅人如阅川。

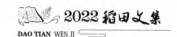

　　　　　　莫道桑榆晚，为霞尚满天。

　　桑榆虽晚，为霞满天！尹老师和很多年老仍在学习，还在为立书、立德、立言而绽放人生霞光的老者不正是如此吗？我的文学平台上很多七十岁左右的退休老者，如任贵、李蕙芳夫妇二人，耿瑞、里快、潘瑜等很多学者不正是这"为霞尚满天"之景吗？

　　于是，我给我的老师起了网名兼笔名——桑榆晚霞。

　　尹老师看完我给起的笔名后高兴地说："正合我意。"

　　一如老师当初给我改名一样，我希望我的老师像我当初一样，从此春风十里桃花开，笑逐颜开，人生万里信步来，坚强豪迈！

　　　　　　天意怜幽草，
　　　　　　人间重晚晴。

　　我的幼草时代过去了，尹老师的晚晴时代来临了！

　　若问人世间何景最感人？大概数桑榆晚霞了！

　　作者简介：郑经龙，汉族，1964年出生成长于内蒙古土默川。1987年毕业于内蒙古警官学院，一直在内蒙古警界工作，曾被《法制日报》聘为特约通讯员。现为呼和浩特作家协会会员，中国阴山作家网作家、副主编。目前已有近百万字的诗歌、散文、小说在各种刊物和网络媒体发表。2020年出版新书三部曲《回望阴山》。

桥

陈康

窗外的雨消匿了声响，月色渐渐清朗了起来。透过纱帘，满地月光充盈着泥土湿润的芬芳。披衣下楼，也不知去向何处，街灯把影子拉长，又缩短，漫无目的地踱着步，不觉间走上了那座石桥。

扶着栏杆往下看，月影微摇，往事浮动……

那时我差不多小学一二年级，这座桥还不是现在的样子。只记得我的个头刚能勉强够到扶手上的孔洞，若想要看清楚河面的样子，就得踩着嘎吱作响的一段木板，双手用力攀在上面才行。

有一回隔着木板，听到桥下传来一阵有节奏的"哗……哗……"，这可引起了我的兴趣。忽然瞥见一旁桥根有一条黄泥小道，是行人来回踩踏所致。我顺着往前走，发现竟能通往桥下，两块青石板垒成台阶，一位大娘正踏临其上，在河中洗着拖布呢。

"可不敢来这儿哇！危险，小心摔下河里去！"大娘倒是被我吓了一跳。若是叫我放弃这难得的亲水机会，那才不可能呢。

"你怎么在这儿洗拖布？河水都被你洗脏了。"我好像有意岔开话题，自己都不清楚怎么问了这么个问题。

大娘却不尴尬，笑了起来："家家户户都在这河里洗，也没把河洗脏呢。"

当时的我自然不明白流水不腐的道理，也不在意，只兴奋于又发现了一个好玩的去处。直到现在，我还记得把手伸进那清冽的水中来回拂动的感觉。

每天最期待的时光，莫过于五六点钟跑上那座桥，迎接外公回家。站在童年的制高点上，目光顺着桥延伸，眼巴巴地望着远处晃动的人群，努力找寻外公的身影。常常觉得有一点儿像，等走得近了，才发现认错了人。那时还分不清期待的是外公车篓里偶尔出现的、颠来颠去的小玩具，还是一桌子人齐了才能开动的晚餐。然而，小孩子总是缺乏耐心的，等待的时间过得格外慢。于是桥上的木板上便逐渐多了几条刀刻的划痕；石缝间的小花便常常被剃去了"头发"；水里的鱼儿便得时刻防备石头导弹的空袭……直到那辆熟悉的旧自行车丁零几声，我才会停止侵略行为，飞奔而下，跳上柔软的后座，给正用力骑上坡的外公送上几十斤额外的负重，然后展开四肢，飞也似的冲下斜坡。

直到有一天，桥的两边竖起了施工的牌子，我的第一块木刻版画也不见了，石缝间的小花只剩下了散落一地的"头发"，糅杂在污泥间作悲鸣状。这可把我急坏了，跑去向外公告状。谁知他呵呵一笑："这座桥要重建啦，以后骑上去可以少费点气力。"这时我才意识到，从前那座桥，原来很陡、很陡，骑上去也没那么容易……

当然，重建归重建，走还是要走的。桥的一侧出现了一条用木板和泥块围筑的临时小道，供人来往行走，然而自行车想要过去，就得费点功夫了。没承想以前送给外公的"爬坡负重训练"，现在到了该还的时候，这回轮到我用尽全力，帮外公把车搬下三五层台阶，再小心翼翼地碾过土路，最后用肩膀顶着沾满黄泥的车轮子，把车扛上另一头的台阶。那段时间我甚至成了半个监工，每天去工地上"巡视"，希望新桥可以早点造好，简直比工人们还要心急。

终于，新桥造好了！新造好的石桥特别宽敞，也不陡了。我也进入了初中，路上还是得经过这座桥。不同的是，外公总是比我更早到家，我自己也开始了骑自行车上桥、下桥的生活。每天在桥上停留的时间从以前的半小时，缩短至一闪而过的几秒钟。小花是无处可长了，估计河里的鱼儿甚是想念我手中的石头吧？

想来也怪，现在没人在河边浣洗了，河水却也不再那么清澈。

后来我们搬了家，这座桥也从我们的记忆中淡去。外公退了休，也再不用费力骑自行车上下班，可以在家好好休息了。茶余饭后聊到从前的日子，外公骑车上桥的身影总是浮现在眼前。

前两年因为工作的原因，我再次搬回了旧居，发觉这座桥好像也老了许多，石根里的灰泥慢慢开始默许花草的萌芽，上下班的路上，我也有时间停留一会儿，望着河面出神。

那条黄泥小路还在，那两块青石台阶还在，中间却新砌了一堵砖墙，无法通过了。

那墙粉饰得洁白如雪，还有几枝墨竹点缀其上。相对而立，我却无心欣赏。

童年是这三两层石阶，临着一泓至清如许的心泉。当你站在桥头回顾过往，石阶仍可目及，心泉清澈依旧，但始终隔了厚壁一垒，终难再抵。

靠在栏杆上，未干的雨痕润湿了袖口，风过处，有些微冷。我转身回家去，让石桥，静静守着那月下浮影。

　　作者简介： 陈康，笔名牧风，95 后诗人。籍贯江苏无锡，从事书画写作教育工作。爱好颇多，尤喜文学，偶发小文，不成辞章，但求内富于心，字句皆适然。

端午抒怀

刘伟波

执杯依窗而立，正沉醉在遥望西天最后几缕缥缈幔彩霞的遐想中，未听到开门的声音，却被一股飘来的清香所诱醒，转身就看到女儿手拎香包兴高采烈的模样。哦，端午节就要到了！

俯望楼下颈挂香包、腕系彩线、奔跑嬉戏的孩子，想起鸡蛋换盐的儿童时代，为端午节能吃上一个鸡蛋而翘首以盼好几天的童年，不禁哑然，时代发展变化太快了。孩提时代关于端午节最早的记忆，仅仅存在于插艾蒿，吃煮鸡蛋、煮蒜瓣，系五彩线、抹雄黄酒的概念上，至于偶尔能吃上一个粽子、挂上一个简陋的香包，在那个时代而且还是家住在非产稻区的我来说，简直是能让人回味一个多月的奢侈的记忆。

端午节，作为中华民族的传统节日，无论是为纪念伍子胥化涛神、纪念孝女曹娥，还是缅怀屈子写下《怀沙》后抱石投江的悲壮伟大；无论是湘风楚韵的香包、燕赵风味的粽子、粤闽情怀的龙舟，还是滇桂风情的五彩线，随着社会的进步发展，因地域、习俗的不同而过法不同的端午节，尽管早已失去了地域习俗特征，而变得南北交融、东西合璧，发生了极大变化，但底蕴深厚的端午文化依然被我们的祖辈一代一代传承下来，遍布祖国东西南北，山坡路边的野草——艾蒿就是最好的见证。

点一支香烟，沏一杯绿茶，捋一捋思绪，让童年时代的记忆，在浓郁的茶香里积淀，在缭绕的轻烟中升华。追寻思忖间，儿时散落的点点滴滴记忆，收拢汇聚起来，在这艾风流淌的端午节前夕，已升华成被粽叶缠裹的温暖牵挂和浓浓亲情。

妈妈，孩儿想吃你煮的鸡蛋、蒜瓣了。

2019 年 6 月 6 日于薄山湖

个人简介：刘伟波，中共党员，从事水利工作三十六年，文学业余爱好者。

老院往事

王宽鹏

    20世纪80年代初，我应征入伍，戍边守防，转战陕蒙甘京，掐指算来，离开家乡已经整整四十年了。如今，虽然两鬓斑白，年届六十，居住北京，有了儿孙，但眷恋家乡老院之情却依然如初，感念三代祖先之恩仍情真意切。

    我是20世纪60年代初，出生在陕西省洛川县凤栖镇罗村王家老院的，我的童年和少年时期，都是在这个老院度过的。从我的曾祖父母开始，我们王氏家族在这个大院繁衍生息了六代人。

    清朝同治年间，我的曾祖父和曾祖母生了我大祖父、二祖父和祖父。当时家里经济殷实，便从本村李姓人家买来这院三孔砖窑，分给三个祖父每人一孔。后来，三个祖父母生了七个父辈，七个父母辈生了我们十五个兄弟。再后来，我们十五个兄弟辈生了二十个儿子辈，二十个儿子辈又生了五十六个孙子、孙女辈。现在，我们已经有了十三个曾孙子、曾孙女辈。我们王氏家族真可谓枝繁叶茂，人丁兴旺。

    在我的记忆中，我们王家老院分前、后两院，中间有大瓦房五间（俗称腰房），前院两边各有厦子三间，后院有砖窑三孔，两边各有厦子四间。尽管老院这么大，窑洞、厦子和瓦房这么多，但也容纳不下四世同堂、六十多口人居住。民国时期和新中国成立初期，我的四叔父、六叔父和四个堂哥先后另置住房，搬出老院。20世纪70年代以后，随着社会的发展进步、经济条件的不断好转，我们一大家子先后新修了住房，陆续搬出了这个老院。

    我虽然奔波在外几十年，但最忘不了的是家乡的老院以及老院门前的大槐树，特别是在老院生活过的祖祖辈辈。每次回老家探亲，我都要专门抽出时间，到老院去看看，转转。每当我站立院中，身临其境，不由得触景生情，追思起我的曾祖辈、祖辈和父辈们的品德和功绩。

    我的曾祖父和曾祖母虽然目不识丁，没有文化，都是地地道道的农民，却见多识广，深知"耕读传家"的深刻含义，不仅重视对三个祖父的精心培养，而且对他们分工明确，要求严格。让大祖父耕田、二祖父经商、祖父读书。三个祖父没有辜负曾祖父母的期望，各司其职，耕种田地，经营生意，发奋读书，使得粮食连年增产，经济连年增收，知识连年增长，短短十几年时间，就囤积了粮食，新修了厦子、瓦房，购置了地产、家产，考中了秀才、取得了功名，使我们这个家族走向了最兴旺、最鼎盛的时期。

我的祖父考取秀才，取得功名后，靠耕种田地和教书育人，养活一家老小。从事私塾教育三十载，桃李满乡间。祖父经历了清末和民国两个朝代，正义在心，思想进步，反对封建统治，除暴安良，乐善好施，扶贫济困。他积极传播进步思想，大力支持革命活动，深受民众爱戴和拥护。他不仅是我们王氏家族"耕读传家"的典范，更是我们后辈人刻苦读书、立志报国的楷模。

我的七个父辈都秉承了曾祖父母和祖父母的良好家风，辛勤劳作，拜师学艺，勤俭持家，生儿育女，供学文化，报效国家。我的大伯父、四伯父和我的父亲是耕田种地的把式，三伯父、五伯父是经营生意的行家。二伯父于1947年6月，秘密参加共产党领导的洛川游击队，第二年在一次战斗中壮烈牺牲。六伯父从小拜师，精心学习制作银饰品手艺，是方圆几十里有名的银匠。

我的父亲七岁时，祖父突然患病去世，他孤苦伶仃，和祖母相依为命，稚嫩的双肩挑起了生活重担，后来又和我的母亲一道，含辛茹苦，耕种田地，侍候祖母，养育我们姐弟四个。为了我们这个贫穷的家，父亲风里来、雨里去、战严寒、斗酷暑，吃尽了人间苦头，尝尽了世间辛酸，在黄土大塬上默默无闻耕耘了一辈子。罗村的田地上，抛洒了父亲辛勤的汗水；拓家河水库建设的工地上，留下了父亲打夯清脆的号子；厢寺川林场清林的沟岔梁峁上，遍布了父亲扛木材坚实的脚印。

我的曾祖母、四个祖母辈和八个母亲辈，都是我们王氏家族的贤妻良母，她们仁慈、孝顺、贤惠、坚强、勤劳、宽厚、善良，与曾祖父、祖父辈和父亲辈齐心协力，吃苦耐劳，辛勤耕耘，勤俭持家，深得我们六代人的敬重和爱戴。

我的祖母安氏和高氏，娘家都是洛川清朝和民国时期的名门望族，她们既是大家闺秀，又知书达礼，都把娘家好的家风、新的理念带到了我们王氏家族，为我们后辈树立了胸怀大志、坚韧不拔、精忠报国、有所作为的榜样。

我的母亲嫁给父亲后，和父亲一起，担负起奉养祖母、共创家业的重担，抚养我们姐弟长大成人，苦供我们学习文化，练就手艺，扶持我们发家致富，成就事业。母亲为了养活我们，度过了千万个艰难困苦关，一生几乎是吃糠菜，受饥饿，衣褴褛，袜底穿，五更起，半夜眠，春夏秋冬从没闲。母亲对长辈胜似亲爹娘，对邻里一副菩萨心肠，对儿女既是慈母，又是严师，教我们做老实的人，本分的人，正直的人，能干事的人，能干成事的人。我之所以能有今天的不凡事业和幸福生活，都离不开母亲的严和教、仁和慈。

我们这一辈十五个兄弟牢记家训，传承家风，耕田种地，经营果园，发家致富；发奋读书，矢志报国，建功立业，先后有六个兄弟走出老院，奔向外地，参加工作，既有干部、工人，又有教师、军人。我的哥哥还学会了木工、修剪果树等手艺。

我的二十多个儿子、侄子辈，从小就受到良好家风、家教的熏陶和影响，学习刻苦，成绩优秀，走向社会，各有千秋。在家种植苹果的，吃苦耐劳，收入可观；在外工作的，爱岗敬业，成绩优异；在外经商的，生意兴隆，财源广进；在部队当兵的，无私奉献，功绩卓著。

从我曾祖父母算起，我们王氏家族六辈人，在这个老院先后经历了清朝、民国、新中国三个时期，到现在，已经有一百八十多个春秋的历史了。

如今，老院十九间厦子、瓦房早已被拆除，院墙已不复存在，门前的老槐树也早已被砍伐，唯有三孔老砖窑空置在那里，向人们诉说着王氏家族曾经的艰辛和辉煌。同时，它也激励着我们王氏家族的子子孙孙，牢记家训，不忘家风，传承品德，开拓创新，砥砺前行，吃苦耐劳，奔向小康；勤奋工作，报效祖国，贡献力量，再创佳绩，续写新时代王氏家族的新篇章。

作者简介：王宽鹏，1963年9月出生，中共党员，本科学历，陕西省洛川县人，党史军史研究工作者，国际网络文学联盟军旅文学部编审，《洛川文学》特约作家。1981年10月应征入伍，历任战士、新闻报道员、干事、科长、副处长、团政委、甘肃省军区军史馆筹建办公室主任等职，上校军衔。工作之余，爱好写作，笔耕不辍，有六百多篇新闻稿件、论文、报告文学、小说、散文、诗歌被军内外报纸杂志刊登，其中有四十多篇获奖。因写作成绩突出，先后五次荣立三等功。

春

孙加荣

　　春天是一个美好的季节，文人墨客的笔下，春天以万千姿态展示，以姹紫嫣红感染了读者，更有朱自清的散文几代流传。而我以平凡的目光，简单的笔触，将心中的春天浅浅地刻画，淡淡地描绘，和着一点春天的感觉，随风飘落。

　　总感觉这个春天来得挺早，仿佛是立春刚过，气温就迅速回升。于是，花花草草们便争先恐后，纷至沓来。本来北中国的春天是寒意料峭的，可今年三月的暖阳早早就唤醒了万物。田野里，草儿的嫩芽一簇簇一丛丛地堆积着绿色，你追我赶的，勃勃的生机一片；还有那么多花呀树呀，更是耐不住寂寞的，花蕾和嫩芽欣欣然地露出来了。春雨更是及时赶来，润泽了这勃发的生机，一片盎然于大地。

　　清明过后，红的粉的黄的绿的，知名的不知名的花啊，竞相开放，仿佛一夜之间，你能想象的春天的色彩，都在这暖暖的日子里，一下子涌现到你眼前，此时此刻用目不暇接或许是再合适不过的了！早春的梅花娇艳已退，鹅黄色的迎春、连翘次第盛开，浅粉的李花桃花、洁白如雪的梨花相继绽放，更有各色樱花满树婀娜、艳红的海棠、簇拥开放的紫荆花，公园里，道路旁，街心亭，无处不在展现春的色彩。

　　花开时节，扶老携幼，抑或情侣相伴，漫步于大自然，感受春的气息，无疑是一种最美的享受了。踏青赏花，游园散心，三五好友，小聚春游，同学亲人，借景畅谈，岂不是一种工作后的放松！而已过中年的我，漫步其间，更是因这春的景致陶醉了。年少时的轻狂不再，中年时的雄心早去，尽管春色无边，我也只是淡然地品味，静静地听风吹，看云起。心里的景致似乎并不是春天才会有的，只不过到了这个季节，总会有些感觉被唤醒，又一次从情感的全世界走过。

　　漫步于无边的春色里，可以静看一朵花开，守候于花儿初绽时分，等待花瓣次第开放，花蕊昂扬；或者独享一树茶蘼，静听花雨随风飘落。没有嘈杂的人群，唯有暖阳温暖一身。那些或黄或红或是其他颜色的精灵飘过你的脸颊，你的耳畔，你的眉梢，飘过你的心底。此时，一个春天的风景，便是独享了。

所以，淡泊的心中，静待花开花落，确是一种唯美的境地。而此时春意正浓，繁华如梦，宠辱皆忘正是应景的，更何论患得患失，言语之过等工作生活中的鸡毛蒜皮了。抬望眼，一切都是过眼云烟！

俗语云一年之计在于春，而一年年的春天莫不是匆匆而逝，我留不住春天的脚步，但我可以留下春的印记，在心灵深处，一道道刻画着人生的轨迹，汇成真实的自己，心向大海，一路繁花，宁静归去！

作者简介：孙加荣，笔名嘉夔，男，1970年7月生于山东青岛市即墨区，大学毕业，即墨区南泉中学教师，即墨作协会员、即墨诗词学会会员，《歃叶文艺》签约作家，中国散文诗协会会员，先后在教育类学刊发表过数篇论文，散文诗歌等文章见于《即墨教育》《即墨诗词》《墨城新韵》《原乡诗刊》《歃叶文艺》《新即墨》、大众网、人民日报网等。

挖苦菜

张文礼

2019年暮春回老家，正值阳春三月，花红柳绿、草长莺飞的大好时节，在一个细雨蒙蒙的早晨，在大妹的陪同指路下，来到曾经熟悉而又陌生的田地里，应当说是在郁郁葱葱、含苞待放的苹果树缝间，拣拾儿时挖过的苦菜（洛川方言，叫去去菜）。在拣拾过程中，往事在我的脑海中不断地浮现。

苦菜，野生植物，性寒，味苦，食之可祛体内火气。

在家家户户都过着均等生活的年代里，人们的物质生活极度匮乏，食不充饥。人们被迫从野外采集回大量的苦菜、地地菜，以弥补粮食不足。苦菜味苦，所以人们将其做成各种花样吃，如蒸菜疙瘩，调凉菜，蒸菜馍，拌拌汤。那时，到田间地头挖野菜，包括苦菜、白蒿芽、地菜、苦子蔓，家家户户，大人小孩，成群结队参与其中，场面宏大壮观，当然，我也不例外。地里的野菜还未长大成形，就被连根刨掉，田地里干净无草，如同锄过一样。

当时，我家姊妹较多，单靠我父亲每月三十多元工资来维持生活，日子过得很是紧张，年年都是缺粮户，年底决算时，还要给人家余粮户出钱，口粮根本不够吃，所以，一部分还得从槐柏的粮食市场去购买，再就是吃一些杂七杂八的东西，当然苦菜、洋槐花、榆钱钱、苜蓿等都是用来充饥的食品。应该骄傲地说，凭借我妈妈的巧手，原本非常难吃、根本不想吃的野菜，经过蒸、煮、拌、炒等烹饪工序后，完全改变了它原来令人讨厌的味道，入口再不那么难吃。

如今，人们的生活丰富多彩，天天如过年。野菜反而成为稀缺物品，它华丽转身，成了皇帝的女儿抢手货，被城市里的消费者所宠爱，市场售价每斤两块到三块钱，还常常被抢购一空，成了餐桌上的香饽饽。

野菜之所以受到城里人的青睐，不外乎现代人的饮食，太过单调精细。从营养功能上说，适当吃一些野生、天然、无污染的绿叶菜，对身体是非常有益的。

时代的巨轮推动着社会迅猛发展，如今，从城市到乡村，人们的生活得到了极大的改善，再没有那么多人去拣拾野菜，但也有精明的商人，瞅准商机，将野生菜类采集，再经过加工、冷藏，然后根据不同季节，配送供给堂食、宾馆、农家乐经营户，弥补了市场空白和满足了市场需求，也能使食客们一饱口福。

作者简介：张文礼，1958年出生，洛川县人，本科学历，国家公务员，中共党员。先后在延安市宝塔区商业局、经济工作部、财委、审计、计委、老区办等单位工作。1977年至2000年，先后被延安日报、延安市广播站聘为通讯员，曾在陕西省《财贸杂志》《陕西审计》，延安市《政策研究》《审计》，宝塔区《政策研究》等报刊、电台发表新闻稿件和论文一百多篇。

鱼台大米香飘万里

张沛星

20世纪60年代，天空是蔚蓝色的，云淡风轻，傍花随柳，河水清澈，碧波荡漾。得天独厚的自然条件，无污染、无公害的生态环境，肥沃的土壤，有机元素丰富的水质，孕育出来的大米，畅销全国。

鱼台县是一个农业大县，以水稻种植为主，拥有35万亩生产基地，"五·七"品牌的水稻，生产出来的大米颗粒饱满，晶莹剔透，色泽光亮。煮熟的大米饭似新棉絮一样洁净，令人垂涎欲滴，品味起来芳香馥郁，沁人心脾，回味悠长。他的品质深受全国人民的信赖，鱼台县因此而名扬。

水稻的生产周期比较长，从4月底选种育苗，至11月中旬粮食入仓，历经半年之久，期间的劳动环节数不胜数，每一个环节都需要稻田人投入相当大的劳动量。种植水稻工作起来极其艰辛。

譬如，薅草这一环节，6月插上秧，小草从水面偷偷地钻出来，在化肥的作用下，遍地生长，如不管不问，必然影响产值，需尽早尽快地除掉。天气炎热，还必须穿上长裤长褂，地里被齐腰高的禾苗阻挡得没有一丝风，不一会儿，汗水湿透了衣衫。从一早一直忙碌到傍晚，完不成半亩地。皮肤被污水腐蚀溃烂，变成了青白色，又疼又痒，腰酸腿疼得直不起身来。还有水蝎子、蚂蟥、蛇等威胁着人身安全。更加令人头疼的是，第一轮还没有干完，新的一茬又生长出来了。

"蜀道之难，难于上青天！"稻田人之难，难于薅之不尽，拔之不绝。正中午阳光下的田野里，气温高达四十多摄氏度，人们依然在田地里忙碌着。被这肆意生长的杂草，折磨得焦头烂额、体无完肤、欲罢不能。

农活丝丝入扣环环相连，每一个劳动场面都是心血的结晶，皆留下了稻田人辛勤耕耘的奋斗历程。

初期，水稻亩产量低下，能达到四百余斤，即是丰收了。鱼台人民知恩图报，首先，把挑选出来的上等级别的粮食，捐献给国家，这叫作交"公粮"。当年喜获丰收，鱼台县创下山东省献粮最多县的纪录。剩余的低等级小部分粮食才能按照工分制，分配到各家各户。

由于优质米作用大、用途广、产量低，又是馈赠亲戚朋友的上等礼物，鱼台人民视若珍宝，掌上明珠般由衷的喜爱。平日里，大人们难得吃上香喷喷的大米干饭。制作时，待到六七分熟，从锅里冒出白色的如雾一样的蒸汽，弥漫在厨房的空间里，浓郁的芳香气味相隔甚远都能闻得到。我贪婪地吮吸着，久久地待在温馨的房间里，锅里似大珠小珠落玉盘。这声音是大米与水的对白，情感的交融、完美的配合、深情的演绎极大地渲染了我。成熟后，锅周边贴着一层似粉皮、如纱布一样透明的薄物，这是米里溢出来的油脂。大人们说外地米少见这种情况，更没这般口感。含在嘴里，立刻融化，柔软爽滑，香而不腻，微甜而甘醇，味道自然美。

父亲吃着大米干饭深情地说："不可狼吞虎咽，需细嚼慢咽，吃得快是一种浪费。"这样的生活条件，等待了多少年，企盼了多少代，如今终于如愿以偿了。

废弃旱田改造水稻种植，那可不是一句话的事。欲把原先泛滥成灾任性无情的水患，治理成干旱时能浇灌，涝时能排放，以人们的意识为转移，让水资源听信于民，服务于民，又谈何容易。

兴修水利、疏通河道是水稻种植的必由之路。他老人家，永远不会忘记万余人会战万福河、鱼清河、白马河等一个个激情澎湃的劳动场面。河床底部的沙泥土方，需一锨锨、一筐筐，搬运到原始而又简单的布兜子或地排车上，再运到坡度大、路途泥泞崎岖、六十米开外的河堤的顶部。条件艰苦，劳动繁重不言苦、不叫累，宁肯掉下十斤肉，也要坚决彻底地完成任务，鱼台人民与天地斗其乐无穷，有着敢教日月换新天的豪情壮志。

父亲一颗颗、一粒粒，如数家珍似的咀嚼品味。这是一位农民与来之不易的粮食的深情厚谊；是一位农民对美满生活的憧憬与向往；是一位农民知足感恩的情怀，是对劳动成果的珍惜与眷恋。

我徜徉在西支河畔的林荫道上，流连忘返在排灌站之间。想当年，科学技术落后，又没有机械化设备，难以想象人们是如何把笨重的石块及管道在深水下操作建筑的。

我敬仰鱼台人民战天斗地顽强拼搏的创业精神；我讴歌鱼台人民愚公移山大无畏的英雄气概；我赞美鱼台人民锲而不舍开拓进取的高尚品格！如若没有当初奠定的坚实基础，哪里有今日的经济腾飞。

时代飞速发展，水稻品种不断改良。由原先的亩产400余斤，发展到现在的亩产1000余斤。鱼台大米不仅饮誉全国，还远销韩国、日本、东南亚、欧美等国

家和地区。

稻改前，鱼台十年九涝，民不聊生，穷乡僻壤。稻改后，鱼台这方水土旱涝保收，粮食产量稳定上升，连续二十余年，创下山东省贡献粮食之最，成为名副其实的"北国江南·鱼米之乡"。

稻改精神永放光芒！

作者简介：张沛星，济宁市鱼台县实验中学教师。马拉松爱好者，太极拳爱好者，喜欢音乐、象棋等活动，偶有作品发表在公众号平台上。

清明节里忆父亲

廖伟仁

春草铺陈，石径无言，满眼盛开的山花，或白或红，或浅或浓，无边地在庞家山的陇背上铺展开去。

伫立在父亲的坟前，我没有急于献上精心准备的香烛纸钱和采撷而来的山野之花，而是仔细地端详那镌刻在墓碑上的一行小字："先父廖玉清之墓……"望着碑文，我按捺不住心灵的悸动：亲切、感动、敬仰，更有深深的怀念。有关父亲的点点滴滴，桩桩件件，如白鹤童子，像星星点灯，呈现在我的眼前，萦绕我的脑际……

没有忘记，那是一个北风呼啸，似雨雪纷飞的冬天，我正读小学三年级。凌寒的大清早，我被父亲叫醒。"上学了，上学了！"但我上穿薄薄的卫衣，下穿单单的裤子，脚上一双橡胶油鞋，鞋底是用剪好的稻草垫的，没有袜子穿。我在堂屋前的空坪里瑟瑟着，搓搓手，跺跺脚，总抵御不了钻心的寒冻。骨子里压根就没有去学校读书的念头，只想围在妈妈挑亮烧旺的火堆旁享受温暖。

父亲见一催再催都无用，不禁怒从心中来，顺手牵来几根竹枝，狠狠地抽在了我并不壮实的屁股上，针刺一般的痛。我跳起来，飞一般地去了上学的路。但倔强的我，极其逆反地躲到了大路下边的一个小小的石洞里，静观父亲为寻我而气急败坏的样子。

见他在对面那一段山路上，来回地走着、念着、寻着，我心底里燃起了一种报仇雪恨的快意和满足！但那一天，我终究没去学校上课，硬生生在那石洞里待了小半天，吃了大苦头。但也怪了，从此以后，我再也没有逃过学。

没有忘记，父亲没上过正规学堂，不识得几个字。在旧社会为躲强制征兵，从大水田老家逃到这庞家山上落脚的。跟我妈结婚后，一口气生下了我们姐弟七个。繁重的负担，恶劣的环境，让父亲没有时间精力同子女温存，与家人欢乐。

我十岁那年，父亲无事，就把我和弟弟堂仁叫到跟前，用饱含着庞家山味道的土话说道："仁妹几，堂妹几，金嗯牙老子告示噷崽一首诗（意为伟仁、堂仁，今天父亲教你们一首诗）。"然后，他煞有介事，摇头晃脑了地念叨："王子昔日去求仙，燕子飞过九重天。獐入虎口难展爪，马阵前难回还。"他不会解，不会译，也不知作者是谁，就要我们记住！那态度，斩钉截铁，板上钉钉，不可改变。但不管怎样，反正我是记住了。

没有忘记，父亲对太多的事，不关心，无所谓。人称"哈达糊"（老好人）。但唯独两件事，他不含糊。一是要我们认真读书，当然，读得怎样，他不管，因为他也不懂；二是要我们专心做事。我高中毕业后，回到家乡务农，早晚都要爬庞家山，陡坡上下，打柴杀草，天天如是，日日这般。我非常无奈，不厌其烦。本来他是完全可以帮忙换替的，但他从不。总是说，你有本事就考出去，考不出去，就这命，就得干，而且要一干到底！

父亲的理念是正确的，由于他的淡淡爱，严严管，不娇惯，不放纵，陶冶了我们的灵魂，磨砺了我们的意志，积淀了我们齐家、笃学、勤勉、奋斗的传统。也正因此，我们家四兄弟都读到高中以上毕业。在那个年代，在我们那大山之中，很不简单。我们的下一辈，他们大小五兄弟，都考入了正规大学，本科毕业。这在我们那大山深处，十里八村，也是引以为荣，值得骄傲的！

没有忘记，父亲任大队书记二十几年。他严以律己，宽以待人，为民服务，实诚谦卑，深受全村男女老少的敬仰和喜爱！因为有他，我们家虽地处偏远，穷乡僻壤，但不论远近八方、域内域外的人，不论是打工的、做生意的、闲耍的，走过路过，有事没事，都会到我家坐坐，来我家聊聊。他的美品，他的人格，众口皆碑，天人可鉴！

而今，父亲已离开了我们二十多年了。天之涯，地之角，思而不能见其容，念而不能觅其意，让我们心中未免深怀伤悲与思念。青山常绿，溪水长流，父亲的为人之道，父亲的精神风貌，深深镌刻在我的心里，融在了我们的血液中。

我默默地献上那束亲手采撷而来的山野之花，连同我的一腔敬仰和怀念，一起放到父亲墓碑之前。我把纸钱烧着了，袅袅的香烟中，我分明又见到了父亲熟悉的身影……

作者简介：廖伟仁，曾用名廖维仁，微信号"三闲"，男，1956年生，湖南省隆回县人。拥有"汉语言文学""国土管理与城市规划"双学历；先后在《语文教学与研究》《中学语文》《中国土地》《国土资源报》及《估价师通讯》《湖南日报》《邵阳日报》等发表纸质文稿120余篇，微刊文章十余万字；现住邵阳市。

夹竹桃

诗梦

　　刚刚与暮春别离，已是初夏时节了，小满亦已过，草木经历了和风细雨的润泽后，葱茏地舒展开来，变得蓬勃而充满生机。

　　香樟树亦早已落花了，而对面一条马路之隔的公园里，站成一排排高高的夹竹桃不知什么时候悄悄地开花了。花开花落，生生不息。

　　第一次遇见它是在多年前一个六月的雨季里，我们乘坐西湖的游船去三潭印月游览。

　　三潭印月地处西湖水域之中，是领略西湖山水风光的绝佳之处。它最大的特色是"湖中有岛，岛中有湖"，被誉为"西湖第一胜景"。

　　撑着雨伞漫步在湖边，但见对岸有一棵树，满树都开着清新、淡雅的白花，像一片未曾融化的新雪，一种莫名的感动。

　　当时我尚不知道它的花名，我的视线久久停留在那棵开满白花的树上，因为四面皆是葱翠的绿色，唯有那不远处的树上开着淡淡清雅的白花，她美丽而不浓烈，安静却不疏远。我一直为那次没有近距离欣赏而深感遗憾。

　　在后来的南来北往旅途中，看到铁道两侧或高速公路两旁，宛如鲜花长廊般的这种美丽而清雅的花一次次映入我的眼帘，红的似桃花，白的如雪花，那是一道多么亮丽的风景！

　　今年初夏的一个下雨天，我出去办完事，撑着雨伞沿着熟悉且久违的江边漫步。

　　不经意间发现桥头有一大丛白花，沾着水珠，在烟雨的笼罩下竟然那么清新怡人，宛如梨花带雨，娇艳欲滴，给人一种别样的清静之感，仿佛世界也一片素净，我情不自禁地为这种洁净素雅的美倾倒。

　　此刻，我心中怀着眼前这种场景或许将不复再来的情怀，嗅一嗅花的清香，然后毫不犹豫地拍摄下来，发到朋友圈。

　　一位河北石家庄的女士很快来点赞，我和她是好几年前在美丽的西子湖畔相识的。那年她让我给她拍张在西湖的照片作为留念，她见我很乐意为她拍照，就聊了起来，还加了我的微信。

她说，姐姐你拍摄的夹竹桃很美！不曾想过她也如此喜欢恬静的白花。我第一次听说这素净而美丽的花原来叫"夹竹桃"！

于是，我查阅了夹竹桃的有关资料：据说，夹竹桃是世界上吸尘能力最强的植物之一，能够抗烟雾、抗灰尘和净化空气，被称为"天然吸尘器""环保卫士"。

夹竹桃的叶长得很有规律，三片一个组合，茎似竹，花似桃，所以称"夹竹桃"。

夹竹桃有红、白、黄三种颜色，我最喜欢素白色的夹竹桃花，淡雅、娴静，任红尘喧嚣，它只管筑心中桃源。

夹竹桃的叶子上像涂上了一层薄薄的蜡，这层蜡能替叶子保水、保温，使植物能够抵御严寒。

夹竹桃，在百花中并不是最艳丽的，也不算名贵，它四季常青，从春到秋，此起彼伏，常开不败，无论和风细雨，还是烈日暴雨，夹竹桃都能静静地绽放。

它不与百花争艳，默默无闻地，净化人类的生存环境，为大地做出奉献。

夹竹桃就像我的一些朋友、同学或亲人，虽然很平凡，没有高贵的身份，但他们一直在平凡的生活中，做一些平凡的事，默默无闻地奉献自我，温暖他人，在平凡朴素中闪烁着光芒。

我喜欢夹竹桃，不仅喜欢它四季常绿，从春到秋绽放出的姿态，并散发出淡淡的清香，让我有一颗淡泊的心欣赏她淡雅、娴静的美丽，更喜欢它默默无闻，坚韧不拔的卓越品质！

作者简介：诗梦，女，浙江绍兴人。百家号、头条号自媒体创作者，自主创业，爱好读书写作，四川省散文诗学会会员。

在家乡的日子

陈韩星

我的家乡在普宁市占陇镇占梨村，也叫梨园，一个很好听又容易引人遐思的村名。据说唐玄宗曾教乐工、宫女在"梨园"演习音乐舞蹈，后来"梨园"也就成为戏院或戏曲界的别称。

我一共回家乡住过三次。第一次是1948年年底由组织安排从泰国回到家乡，直至解放初期迁到潮州、汕头，那时我才三四岁，什么都不记得了。

第二次是1955年深秋，我陪父亲回到家乡。那时我已十岁了，一切都记得很清楚——

暮色黄昏，一个身体孱弱的少年独倚在残旧的房门前，栖在枯树上的乌鸦声声哀号，秋风卷扫着满地的落叶，少年的心被莫名的悲哀和忧愁紧紧地攫住，泪水汹涌而出，止也止不住，打湿了发黄干枯的岁月。

一切都改变了，我从一个无忧无虑的少年，一下子进入人生最痛苦的时光。好在我们是回到家乡，生活还能过下去。

首先是有亲戚。当我"独倚在残旧的房门前"时，堂兄陈晓民（占陇中学校长）正忙前忙后，安置刚刚抵达老家的父亲躺下休息。其后的安顿照顾就更不用说了。那是个缺衣少吃的年代，我在家里，每顿只有一碗清汤的稀饭，一粒乌橄榄还要掰成两半，分两顿送饭。于是我常常刚在家里吃完，就跑到隔壁亲戚家里，她们会拿一两个热腾腾的番薯、芋头、玉米之类的给我吃。

我那时正读小学三年级，堂兄帮我转到村里小学续读。课室就在祠堂里，没有电灯，白天光线也较暗，但总算是有书读，不至于荒废学业。

其次是有土地。我曾跟着邻居放牛的小孩在田垄上割草，用满筐的青草换回几斤番薯；我曾跟在夏收后翻地的牛犁后面，捉那被翻了出来的泥鳅，带回家给父亲煮了吃——父亲有肺病，需要补充营养。

我也曾拿着小锄头和小粪箕，在别人家的地头等他们挖完番薯或马铃薯走了，再到他们的地里深挖，挖出几个还藏得很深的番薯、马铃薯……

再次是有小伙伴。我那时候还是个孩子，除了读书，家务事也插不上手。闲时，小伙伴阿才和阿辉便陪我到处转，我们一起到小水沟里摸田螺，抓小螃蟹。那时候的水清得很，潺潺地流着，那是最快乐的时光。

最难忘的是他们请我吃炒粉，瞒着我，说只是去走走，一走走了十多里路，就是为了去吃一顿炒粉，因为我即将同父亲返回汕头，小伙伴为我送别。

第三次回乡是1958年，父亲因工作变动，我们自然又回家乡了。

这时我已经十三岁了，可以帮做一些家务事了。那时候村里有一条小河，全村人用水靠的就是这条河。我可以用比较小的桶从河里挑水回家。我还参加一些农活，记得有一次夏收，我帮着割稻子，从开镰到结束，一共十一天，我全程参加，得到乡亲们的夸奖。记得那天下午完工后，我高兴地下到那条小河里洗澡，一不小心，从桥墩的水泥断面滑了下去，不会游泳的我慌乱地挣扎，幸得旁边的一位乡亲一手叉住我左手的腋窝，把我托了上来。第二天一早，父亲带着我，包了一小包红糖和几根红丝线，上门答谢这位大叔的救命之恩。

在家乡的日子不长也不短，但从我记事起，家乡的一切便都牢牢地记在脑海里，每个细节都不曾忘记。

家乡虽然平淡无奇，但她有一种特殊的气息和气象。这种气息也许来自田野上那悄无声息的和风，也许来自每家每户屋顶上那袅袅盘桓的炊烟，也许来自家乡小河上那氤氲的薄薄晨雾；这种气象也许来自空旷乡间不时飞过的唧啾着的小鸟，也许来自茂密草丛间不时蹦出的小蚱蜢，也许来自不高不低悬浮在半空中的小蜻蜓。这种气息和气象使人感到的那种温馨不是随处都有的，只有家乡才有。

我想，"家乡"与"故乡"虽属同义词，所指是同一个地方，但也有小小的不同，"家乡"更显得亲切、贴心，家乡一定是自己出生或生活过的地方，是与自己生命息息相关的地方，是一个你生了病或受了伤，可以治病或疗伤的地方，是一个当你走投无路时，还唯一可以归去的地方；而"故乡"更多的是一种精神上的慰藉和向往，经常用在大而泛之的艺术领域。

在我所有的文章和剧本里，我更爱用的是"家乡"。

作者简介： 陈韩星，广东汕头市人。1997年结业于上海戏剧学院戏文系高级编剧研修班，历任海南农垦文工团编剧、汕头市歌舞团编制，著有歌剧、电视剧本多部，其中《大漠孤烟》《巴山夜雨》获全国戏剧文化奖·大型剧本金奖。国家一级编剧，退休前任汕头市艺术研究室主任。

青春怎么少得了伤痕

陈麒骏

无人可于人生之路上一帆风顺，难免历经坎坷。青春岁月里，身心所经历的伤痕，成为往事烙印。

曾经，羡慕那来去如风的骑行者，我便央求母亲给我买了一辆自行车。我每晚都在车库来回骑行，练习难免有磕碰，有一次摔破了大腿上一大片皮，血流如注，疼痛钻心。原想放弃回家，但一想起那些潇洒自如的骑车人，再看看浑身的伤痕，不想半途而废，内心燃起熊熊斗志，坐上单车，再度练习。虽然平添不知多少血痂，但终有所成。骑上车，好似踏云而行，逍遥无比。青春的伤痕令我快乐！

后来，沉湎于篮球，看着那些散发着活力的篮球选手，内心狂热的崇拜喷涌而出，于是报名进入了篮球班。那是一个弱肉强食的世界，由于我是插班生，自然学艺不精，被球击中虽无伤大雅，但我总是担任负面的角色，承受着同学的嘲笑、教练的斥责、队友的奚落与轻视，这无不在我尚未成熟的心灵上划上一道比一道深又痛的伤痕，让我在这个小世界里显得更为渺小且不堪。而我的自尊心又令我重新站起，治愈我内心的伤痕。面对残酷的现实，自怨自艾并不能改变局面，唯有勤学苦练才能令自身重焕光彩。我做到了，内心的伤痛不值一提，我开始熠熠生辉，身边出现的肯定和褒扬变得更多，仿佛我这块废铁铸成了利剑。青春的伤痕令我成长！

如今，尽管我的文科小有优势，但我的理科却一塌糊涂，惨淡的分数令父母失望，甚至为此"老拳饱打"。无论是心灵还是肉体都遭受了打击，但我不言弃，奋起直追，起早贪黑复习、预习，刷的试卷也堆成了小山，每当我想打退堂鼓时，看到我身上因家法留下的痕迹，想起我可怜的分数，便继续埋身题海奋战。一分耕耘一分收获，终于获得了一点进步，随即分数不再是伴着血红的獠牙，而是焕发着耀眼光芒的图腾。青春的伤痕让我浴火重生。

青春是一个令人热血沸腾的词语，为了使青春不留遗憾，必须拼尽全力。冲刺的过程中，怎会少得了伤痛？不过无论是流血还是流泪，都不应该因此停滞不前或放弃。因为当你成功登顶，它将会成为你光荣的烙印。

须知，无悔的青春，总会经风历雨。

作者简介：陈麒骏，笔名诗剑伢子。中山市华侨中学初三学生。籍源于湘而生长于广。天赋异禀，思虑忠纯。好读文史，关心时政。习写作，慕英雄。诗文初具韵味，胆识超迈同龄。素怀经济理想，厚植家国情怀。口才渐佳，辩锋日健。

早晨的麦烧

李松艳

清早的公园，弯弯曲曲的小路上已有三五个跑步的中年人的身影。因为昨天夜里刚下过雨，树叶上还残留着雨水的痕迹，所以整个公园看上去更加清新了一些。

顺着平整光滑的小石路走了没多久，就听见前方传来的缓缓流淌的水流声和优美的音乐声。透过树的缝隙，看见八九个老年人正做着体操运动，他们的舞姿伴随着音乐的流动成了公园里的一处风景。步行半小时后，我准备返程！

走出公园，便是一条两旁矗立着欧洲建筑的平坦街道。路两旁有许多小吃店，再往前走十多米，就能看见两家麦烧店，我准备买几个麦烧带回去给孩子们吃。

一家店门前人来人往，买麦烧的人络绎不绝，门口几个年轻的俊男靓女吃着笑着，看上去心里甚是开心。另一家门口，有两个人低头在餐桌上面无表情地吃着早点。我很好奇，准备去买这两家的麦烧，看看店里面的样子。

来到第一家，我推开门帘，看到柜台前穿着朴实的两个中年人，他们大概是两口子，有四十六七岁，长长的铁面板上放着几盆看上去颜色不太新鲜的菜馅，我打算买三个菜馅的，付了钱，我就转身走出了店铺。

第二家店铺，门口站着一个不到四十的男人正在热情地给光顾的人盛着麦烧，我告诉他我要三个肉馅的，只见他动作麻利地将麦烧一个一个地装进纸袋里，每个又套上了小小的塑料袋。我特意向他身后望去，不太高的长柜台上摆放着一盆盆新鲜的看上去就让人垂涎欲滴的菜馅、肉馅，感觉特别卫生，我又要了一份豆腐脑，心情愉悦地走出了这家的店门。

走出店门七八步，发现自己手中少了一份麦烧，因为刚从这家店出来，我想肯定那份忘拿了，便急匆匆地走到第一家店门口，有点不好意思，小声地对他们说："对不起，我刚才买的麦烧忘记拿了。""你没忘记，刚才放在这里，我看见你提着走了。你手里提的袋子不是我家的吗？"女店主头也不抬，冷冷地用方言说着，后来干脆不耐烦了——我像一个被责怪的小孩子，也为自己的一时疏忽自责起来，低着头离开了。

走到第二家店铺门口，我看见刚才买的麦烧静静地待在盛装麦烧的玻璃桌面上，便顺手去拿，很尴尬地说："我忘了拿麦烧了。"男店主笑着说："你不来，我还没注意到。"这一微笑，我刚才的烦忧随即消失了，拿着两袋麦烧我轻快地向前走，但总感觉第一家的那袋有点沉重。

回到家，竟然连吃第一家的麦烧的心情也没有了。

作者简介：李松艳，山东省巨野县永丰街道办事处前进路小学语文教师，巨野县优秀教师，热爱教育事业，喜欢读书、唱歌，空暇时用文字记录生活的点点滴滴，有多篇文章参加比赛获奖。

厦门夜色美

叶正国

  2006年9月5日19时50分，我们乘坐的航班准时从石家庄起飞。今夜的天气十分清朗、通透，可以很好地欣赏机窗外面的夜景。飞机经过近四小时的飞行，于23:00左右到达厦门上空。我此刻已感受到，飞机正在慢慢从高空降落，而我从未谋面的海滨城市厦门就在身下，飞机离地面越来越近了，我似乎已经能够感受到厦门的呼吸和心跳。

  这次运气不错，我正好临窗而坐，把头往机窗一伸，外面的风光就尽收眼底了。我低下头，望见午夜中的厦门依旧灯火辉煌，深蓝色的大海、宽阔的码头、鎏金般的街道以及无数的高楼大厦，在五颜六色的灯光掩映下，显得十分清晰，充满迷人的魅力。飞机的速度减慢了，在夜空中缓慢降落，我仿佛像"飞天"在厦门上空游荡，而高楼就如同在我身旁往后移动。这时，一座跨海大桥出现在我眼前，我定神仔细一瞧，大桥上由霓虹灯组成的四个大字——"海沧大桥"映入我的眼帘，整座大桥在白色轮廓灯的照耀下，显得更加壮观和无比的迷人，我第一次从空中看到的厦门夜景很美。

  23时10分左右，飞机在厦门高崎国际机场平稳着陆。从石家庄出发时，穿着短袖衬衣感觉凉气逼人，而从机上下来，可就另有一番感受了。虽然已近午夜，湿润而暖和的空气向我们扑面而来，一下子就让我们感受到了厦门的"热情"。我们从飞机里鱼贯而出，走进了机场大厅。呵，厦门机场的大厅真气派，不仅建筑宏大，功能齐全，而且设计十分现代、时尚，特别是一楼大厅墙上的浮雕很漂亮，让人心旷神怡。厦门真不愧是我国第一批沿海对外开放城市，由机场的气势就可窥见一斑。

  拿上行李出了机场，一行人坐上来接我们的汽车，就朝我们即将下榻的厦门宾馆驶去。厦门机场似乎就在市区，从机场出来，一路华灯竞放，各种彩灯在尽情闪烁。宽阔洁净的街道两旁有各种漂亮的花草和婀娜多姿的南国景观树，造型新颖的各式迎接"9.8"中国国际投资贸易洽谈会的条幅，已挂在了街道两旁的灯杆上，在微风中轻轻飘扬，似乎在欢迎我们的到来。厦门在宁静的午夜很妩媚，也十分具有亲和力。车开得很快，我一边与同事们说着话，一边欣赏着午夜厦门的街景，感觉没用多少时间，就到达了我们下榻的厦门宾馆。

第二天早上，我们顾不上去外面欣赏厦门的风景，就投入参加"9·8"投洽会的准备工作。到了晚上十点多钟，一天的工作才告一段落，我和同行的三位好友忘却了一天的辛劳和疲惫，商量去厦门港拍拍鼓浪屿和厦门港的夜景。刚刚下了一场小雨，气温凉爽多了，空气也格外清新。我们的摄影师老秦说："这个时候拍照效果最好！"于是我们叫上司机，四人拿着小雨伞就乘车朝厦门港驶去。原来我们的驻地与厦门港离得非常近，坐上汽车眨眼工夫就到了，抵达厦门港，大家兴致勃勃地跳下了车。司机介绍道："这是厦门环岛公路，对面就是鼓浪屿！"小雨之后，整个港区十分洁净和透亮，街旁的树木花草郁郁葱葱、生机盎然，环岛公路的街景在雨后的夜色中更加充满南方都市的气息，人们三三两两地在海岸边休闲、漫步、小坐、观景、谈天，显得怡然自得。而我感到最美的，还是对面近在咫尺的鼓浪屿的夜景了，白色的轮廓灯把鼓浪屿的海岸线勾勒得十分清晰，岛上建筑物的英姿在各种颜色的灯光照耀下，完整地展现在我们的眼前，岛上高处的射灯光芒四射，郑成功的塑像在岛的左侧巍然屹立，厦门岛与鼓浪屿之间的海域里，客轮在悠闲地游弋着。在鼓浪屿西侧的上空，不时有起落的飞机闪着灯光从夜空中滑过，把夜晚的鼓浪屿衬托得更加安详和宁静，整个鼓浪屿就如同仙境一般，这景致真是太美了！我们一边欣赏着眼前的美景，一边选择不同的角度，不停地相互拍照或合影，用相机把自己和眼前的美景定格在一起。夜深了，我们还流连忘返，久久不愿离去。

我去过不少地方，也见过许多的城市夜景，但我感到厦门的夜色特别美，特别有情调，特别让人难以忘怀！我情不自禁地赞叹道：厦门的夜色真美！

作者简介：叶正国，网名风吹叶动，男，贵州省六盘水市人，本科学历，现在河北省正定县工作，曾在《人民网》《求是网》《河北日报》《河北经济日报》《石家庄日报》《经济论坛》《散文风》等网刊、报纸杂志上发表过理论文章和散文作品等。

伴园榉庭

朱钧贤

苏州人都晓得，光福山水幽远，风物清嘉。而每到光福，便会想起花果之乡窑上村。窑上村坐落在光福镇西六千米处的西碛山下，东临赏梅圣地香雪海，南临鱼米之乡潭东和渔港村，北临刺绣之乡镇湖街道，西靠碧波万顷的茫茫太湖。

随着近年来苏州经济的快速发展，环太湖公路的全线开通，现在的陆路格外便捷畅通，从环太湖大道可直达窑上。一路山清水秀，景色秀美，路边山坡上花木成林，四时繁花更迭。每到五月，枇杷熟了，四方来的食客便会争先恐后前来采摘购买，品尝鲜嫩甜口的窑上枇杷。每逢中秋时节，光福窑上山里的桂花竞相开放，香气四溢。光福乃全国著名桂花产地之一，而以窑上桂花最盛。古往今来，许多文人墨客写下了不少诗词，以此来赞美窑上桂花和邓尉梅花。

春天，柳翠梅笑，杏雨梨云，桃夭李艳。秋天，桂花飘香，露红烟紫，枫林尽染，桂花和松花混合出甜丝丝的芬芳，浮动于粉墙黛瓦之间。傍晚的山村在夕阳下流光溢彩，分外妖娆。

一路追逐瑰丽的霞光到窑上，在苏州西郊的尽头，与最大最美的落日一起沉醉于胭脂浪里。熨斗柄大桥是窑上村最佳的观景点，每当风起的时候，站在大桥上凭栏远眺，只见那湖浪飞卷而来，一层一层，一波一波，在湖滩上此起彼伏。傍晚，落日逐渐被湖水所吞噬，偶尔会有一两只白鹭和鸥鸟飞掠而过，与湖水天光辉映一体。

观完美景，自然不忘品尝美食。在熨斗柄大桥南侧，新开张了几家美食店，其中一家名字很独特幽雅，叫伴园榉庭私房菜，吃惯了海鲜和农家菜，也会想换一种口味，而伴园私房菜不仅色香味俱全，而且造型漂亮雅观。来过伴园榉庭的客人都知道，伴园私房菜的特点是，环境清静，每个包间不受干扰，适宜慢慢品尝，边聊边品，也可茶点配制，荤素菜种互相搭配，菜量少而品种多，每道菜装饰精致，形态美观，如精雕细琢的艺术品。

一款简单的茭白，大厨取最嫩处制成笔的形状，故称御笔茭白，配干冰如临仙境样，加佐料蘸着吃，纯天然甜味，既营养又别致，口感鲜嫩，深受食客喜欢。

南瓜，用料理机加纯牛奶打碎过滤，细得如婴儿皮肤一般细嫩光滑，仿佛一块黄灿灿的玛瑙。

在这里，既可品尝菜品丰富的美食，又可像在自己家里一样高谈阔论，海阔天空，无拘无束，尽情欢唱，享受人生。

作者简介：朱钧贤，笔名雪青竹，江苏省作家协会会员。20世纪90年代初开始文学创作，曾在文艺生活杂志，通俗小说报发表数十篇短篇小说。出版长篇小说《一个女人三个帮》《太湖英雄传》，并先后在起点中文网发表《决战太湖滩》《爱的波涛》《苏州人在香港》三部长篇网络小说。

炊烟袅袅

孙玲玲

《城南旧事》中说："请不要为了那页已消逝的时光而惆怅，如果这就是成长，那么就让我们安之若素。"我想，这是对的，如作者所言：让实际的童年过去，让心灵的童年永存。

这个假期，单曲循环《冬晨》。每每音乐入耳，便觉眼前是那皑皑白雪，白茫茫的一片，雪中有一房屋，炊烟袅袅，直上云霄。待那青烟在天空中慢慢消散，便有了水晕墨章之效。那袅袅炊烟，是多少人心头的羁绊，是想念，也是念想，是纵使梦里百转千回地思念也回不去的地方。它在北方雪白的广袤天地之下，就那样像风一样飞扬，像雾一般弥漫，不疾不徐，伴随着耳边悠扬的音乐，一起飘到了远方……

这让我怀念起我家的炊烟，想起了那些孩童时的美好时光。

冬天，趴在被窝里不愿起床，在炕上就能听见母亲在灶台前忙碌的声音，很幸福。炕挨着厨房，中间只隔了一道墙，也因此，炕头才能在寒冷的冬天里让人感到如此温暖。那时的我，只是托着下巴在猜想，母亲会做什么好吃的早饭，是煮粥还是热汤面。现在想想，我们赖在被窝里的日子也就那么几年，转眼便坠入世俗的尘埃。有那么一刻，我会在现实的世界里迷途，只那么一刻，是在厨房里。突然就好想做回母亲身边的小女孩，哪怕一天也好，那时的母亲，年轻貌美，那时的我，无忧无虑。

小时候，我家里养了一条大黄狗，虽然有母亲的细心照料，最终却没逃过被偷走的命运。那时，每个黑漆漆的夜晚，只要听到院里有一点动静，都觉得充满了危险，真是危机四伏的乡村之夜。若听到不间断的狗吠声四起，要么是骑着摩托车来偷狗的，要么是想顺走院里的洗衣盆或晾衣绳上的衣服的，总之逃不过一个贼字。大黄就是被那些贼偷走的。虽然平日里，我很害怕它，它有时凶得厉害，可毕竟它看家护院那么多年，没有功劳，也有苦劳。看着那条既拴着它又保护它的绳子在地上断着，再也看不到绳子那头的身影，心里莫名空落落的。在我的眼里，它早就是我们家的一分子了，于母亲而言，更是如此。

说起童年，一定会想起那些滑冰、玩雪的往事。那些细节的美好，都藏在琐碎的日常里。回想起来，让人忍不住嘴角上扬，心里也美滋滋的。

硬着头皮撑下来的事，总是猝不及防的。

那时候，村里的大夫常会到家里问诊。很多诊所也就在大夫的家里，家里不比现在的医院和诊所，病人多了，自然就坐不下。一日，母亲一个人在家挂吊瓶，没人给她拔针，下了晚自习，我就一个人骑着自行车，火急火燎地往家赶。不会骑自行车的我，借了一辆带横梁的自行车，至于是二八大杠还是三八大杠，记不清了，总之，那车子对小个子的我而言，实在是有些大。结果不出所料，人连同车一起掉进了沟里，好在天黑，沟也不深，我赶紧爬了出来，灰头土脸地继续骑回家了。

还有一次，父亲夜里突然生病，母亲不在家，我只好一个人走夜路去叫人。时间大概是午夜前后，我只记得，一个人在主街道上，不停地快跑，气喘吁吁，心跳加快，也不敢停下来，因为街上漆黑一片，连个人影都没有，我不敢停下来，更不敢回头，只有一直跑，一直跑。那是我第一次一个人跑夜路，虽然心里很害怕，可是我战胜了自己的恐惧。对我而言，每次当家里的大人遇到困难时，如果我能帮上忙，哪怕是一点点，我也有着满满的成就感。尽管母亲总是对我说，大人的事，小孩子别插手，可每次在帮助他们的过程中，我都充满勇气与力量，有一种小小的责任在肩头一般。

从小父母就把我保护得很好。放学后，从来不让我去同学家里玩，即便是同班同学找到家里来，为我求情，也不管用。母亲总是叮嘱我，不要去河边玩水，不要去树上爬高……其实，我也是骗过母亲的。读小学时，班级里有一对双胞胎姐妹，她们住在离学校很远的水库边上。她们邀请我去她们家里玩，我是班长，索性答应了。我没告诉母亲，我们去的地方，既有水，又有树，这是犯了母亲所说的大忌。后来，我们一群人在她家玩得特别开心。我们没有玩水，但是我却像个男孩一样爬树了。大片的松树林，遮天蔽日，在粗大的树干与树枝中间，我也做了一回树上的小鸟，别提多高兴了。虽说那次我和母亲说了谎话，可那却是我和小伙伴们玩得最开心的一次。

母亲这么担心我，也是有因可循的。姥姥、姥爷在她未成年时就离开了人世。哥哥们也都当兵的当兵，成家的成家，剩下一个孤苦伶仃的母亲。母亲常和我说起，她小时候每次放学后回到家，看到姥姥生病躺在炕上，心里所有的开心就都立刻消失不见了，她多希望自己的母亲可以像别人家的母亲一样，健健康康的，一家人快快乐乐的……由此，我能理解母亲的苦心，尽管我也有惹她生气的时候，可我还是很心疼她的。

母亲是个善良的人。小时候，对面住的邻居生活较困难，我们两家之间不过就隔着一条马路和两扇板杖子门。母亲经常把父亲的裤子、衣服，还有吃的送给他们家。如果哪天父亲找不到自己的衣服裤子了，准是母亲背着他送人了。也因此，母亲和邻里的关系都非常好，谁家有个大事小情，都少不了她的帮忙。一个人，心肠是热的，眼里会看到别人的难处，有余力会伸出援手。对邻里如此，对陌生人也是如此。

有一次，在当街一家蔬菜店的侧面，靠着墙根底下，蹲着一个讨饭的。他的穿着自然是破旧不堪、脏兮兮的，别人也想过去帮忙，可是碍于面子，总放不下身段。母亲看着他可怜，特意熬了粥，和我一起端过去给他，还送了几个馒头，我一边看着他感激的眼神，一边被母亲的善举所打动。母亲行善积德的品格，在我后来的生活中都深深影响着我。

小学时，班里有个女孩，家里只有一个身体不好的父亲。母亲经常挂念她。后来她父亲亲自到家拜访感谢，拎了几块自己制作的豆腐，那是他的看家手艺，做豆腐是他的营生，在他们村，也是出了名的做得好。能拿豆腐来家里，算是最珍贵之物了。类似这般的事情还有很多，有些我记住了，有些我也早就忘了。可善心之人，也不一定总遇良人。

母女连心，她保护我的心情，一如我想守护她的心情。有一次她卖完货回来，一边在菜园子里摘菜，一边说起她今天和同行吵架的事，说是吵架，其实都动手了。不要说在农村，就是在城里，买卖人之间也经常发生争吵，不算是什么稀奇事。我问清了来龙去脉，立刻就想去找那人理论，母亲自然拦着，其实现在想来，我不过是看到母亲受了委屈，想要替她出头。也因此，母亲常叫我"老儿子"，虽说我是家里唯一的孩子，可我从没把自己当作娇生惯养的女孩。

印象里，母亲的身体一直都还不错，但是闹小毛病的时候也不少。年轻时，她常常脸蛋发红，咳嗽，说胸脯疼，我当时不懂是怎么回事，但我知道母亲这都是累出来的老毛病。家里只有三口人，也没什么老人，姥姥、姥爷、爷爷都走得早。奶奶又住在千里之外的小城，几年也见不上一面。所以，我知道父母是真正的白手起家。每次看到母亲大清早就起来，肩扛重重的布匹麻丝袋子，我心里就跟着揪了一下。想必母亲从嫁给父亲那一天开始，再没睡过一个懒觉，她吃了很多女人没吃过的苦。身怀六甲还要下地干重活，生我的时候，脚下都是冰，炕都是拔凉的……每每想到这些，便觉得自己对不住母亲。

有一次我出于好奇，提议和母亲一起去赶集，于是我体会了母亲的辛苦。记得在三轮车上，我和母亲坐在那厚厚的麻丝袋子上面，颠簸得根本坐不住，抬头就是车顶，只能猫着腰，低着头。在那一刻，我的眼泪瞬间喷涌而出，跟随那一路的尘土一同留在了车辙之下。

小小的我，虽然萌生了保护家人的念头，可依然只能做父母眼中的那个乖乖女。清晨，每一次哨声响过，那软软嫩嫩白白的大豆腐，便出现在了饭桌上。一日复一日，一年复一年，我便听着那哨子的声音，慢慢长大，慢慢怀念。

东北的冬天，清晨总是格外冷。冒着刺骨的寒风，走过熟悉的小路，到达校园的第一时间，便是除雪。一个脖子上挂着一串钥匙的小女孩，在空荡荡的教室里，清洗墙上钉子挂着的搪瓷茶缸（那是同学们喝水用的），然后拿起工具一个人除雪。春天来了，我和老师、同学们一起修剪柳树条，把它们插在土里，做成一排排交叉的花池栅栏，和同学们一起播种，收获成功的喜悦。端午节，每人带上几个煮熟的鸡蛋去校园的一处草坪上翻滚，人同鸡蛋一起在绿草地上滚出了银铃般的笑声，那些笑声仿佛响彻了整个校园。秋天，大家一起去老师家里，在院子里围坐一圈搓苞米粒、打毛嗑（瓜子）、吃西瓜，听老师讲解知识，不亦乐乎。那些与师生一起创造的快乐回忆，是这辈子都无法再拥有的甜蜜，只能留在我的心间，一直甜蜜下去。

那些幸福的、快乐的日子，就像是我生命里的一束光亮，带给我美好，一直激励我前行。

就像现在，每年春天，我都会和母亲一起去挖野菜；每年秋天，母亲和我都会张罗去采蘑菇。翻过了不知多少个山头，蘑菇没寻到多少，但是找寻的兴奋劲依旧，快乐依旧。路上备的吃的、喝的，就够母亲忙好一阵子。她总是早早起来烙单饼，在暖壶里灌好开水或小米水饭、蘸酱菜、小咸鱼、煮鸡蛋，样样俱全。不知道的还以为我们是去野餐的。不过，我们确实是累了，就下山了，找个景好安全的地方，便开始消化路上带的吃食。一边吃，一边说笑，好不自在。

这总让我想起小时候挖野菜的场景。母亲也是带着一兜洗好的柿子、黄瓜和姑娘果，牵着我的手就去了大坝。水库边上的大坝是一片绿草地，再往里边是成片的松树林，满地都是婆婆丁（蒲公英），它们贴着地面，肆意地蔓延生长，倒是成全了我们。我和母亲随处找个地坐在那里，就可以挖上小半天。母亲的身体里住着一个长不大的孩子，她挖一会儿就会说累了，然后就开始拿出那些果蔬给我吃，不过，我再认真挖，也没有母亲挖得多，她干活总是很有效率，眼尖手快，一个人干活的麻利，是别人学不来的。

雨后的蘑菇很多，它们像一群可爱的小家伙，争抢着喝光天上掉下来的雨水，全从草叶与泥土里探出头来。母亲和我穿上雨靴，踏着一路泥泞前行，走到一片杨树林，开启了我们的采蘑菇之旅。有一次赶上阴雨天，天空突然电闪雷鸣，吓得我赶紧催母亲回家，我们总算没有淋雨。在野外，周围没什么遮挡，都是树林，最害怕闪电和打雷了。总让我想起姨姥和我讲的那些大火球进门的故事，脑子里生怕那闪电会劈开一棵树。小时候在家，总害怕闪电变成火球滚进屋，那种恐惧感不次于在被窝里偷着看聊斋。

梦里几回，逝去的人、老房子、熟悉的街道、热闹的院子、绿油油的青菜、再也无法见到的笑脸……那个蹦蹦跳跳放学回家的小女孩，已为人母，炊烟之下，从此，多了一份牵挂。曾经，炊烟的那头是母亲，这头是我；现在，炊烟的这头是我，那头是我的孩子。

作者简介：孙玲玲，1986年生人，女，黑龙江省依安人。学士学位。辽宁省朝阳市第十五中学一级教师。朝阳市今日朝阳网文化信使，发表原创文章百余篇。自幼热爱写作，喜欢用朴素的文字记录生活。

朋友小议

郑远

在我们的一生中，或多或少都会有一些朋友，只是我们没有思考过一个问题：究竟什么样的朋友是真正的朋友？

我们无论何时何地，或因机缘巧合，总会结识一些人，我们将其称为朋友，只是随着时间的推移我们会发现，多数的朋友只是泛泛之交，真正可以称为朋友的其实寥寥无几。

相识满天下，知音能几人。

真正的朋友，在你困难的时候鼎力相助，无论物质还是精神，有时朋友之间看似不经意的一句话，改变的就是你整个人生之路的走向，助你走向人生的辉煌。

真正的朋友，在你对现实感到苦闷时用他（她）自己的方式不断开导你，直到驱散你心头的阴霾；甚至还有这样的朋友，在你困难时来到身边，不计任何回报帮助你，当你成功之后又悄然离开，这就是朋友的最高境界。

曾经看过《年轮》这部电视剧，在那个特殊的年代，物质极度贫乏，但是朋友之间的心却贴得更紧。随着岁月的流逝，身边的一切都悄然改变，但唯一不变的，就是朋友之间的那份牢不可破的友情。相信今天我们再观看这部电视剧时，仍然会有一种特别的味道，主人公们彼此之间的友情令人钦羡，令人动容。

朋友，看似浅显，实则深奥，朋友是一部巨著，需要我们穷尽半生去读懂，朋友是永远的财富，值得我们加倍珍惜。

一日，读到影视演员陈道明的一段关于朋友的见解，似乎对朋友又有了新的认识。

陈道明说："朋友，我就有骂他的责任，他也有骂我的责任。在事业上、感情上、人生上就有着互相的义务，每次见面都应该有收获，彼此对对方的存在感到一种愉快，而不是整天厮混在一起。"

朋友，一生中很难遇到，所谓千金易得，良友难求，朋友陪我们度过孤独又无助的岁月，他们可以和我们达到精神上的共鸣。珍惜你人生中遇到的真正的朋友，相信他（她）的到来会对你的人生有所启发，有所改变。一般朋友，多个不多，少个不少。酒肉朋友，除非人在江湖，身不由己，最好一个不交。知己难求，必不可少，多交无妨。唯诤友最难得，人生得一二，足矣。

作者简介： 郑远，1986 年生，内蒙古赤峰市人，曾从事平面设计，2017 年开始写作。

带着乡愁，一路走好！

——悼念诗人余光中

梁建成

2017年12月14日，台湾著名诗人余光中先生在台湾高雄医院去世，享年90岁。寒冷的冬夜，惊闻噩耗。我步出阳台，对着东南遥远的台湾方向虔诚地三鞠躬，在心里默默地送诗人远行。回到书房，沉默良久，内心依然无法平静，总想写点什么表示哀悼怀念之情。

提到余光中先生，就不能不提到他那首著名《乡愁》，人们之所以对余光中印象深刻，大都是从《乡愁》开始的。在他一生创作的上千首诗中，《乡愁》是他最为著名的代表诗作。在1971年，已经二十多年未回中国大陆的余光中思乡情切，乡愁和家国情怀凝聚笔端，因而一气呵成，一挥而就，写出那首著名的《乡愁》。

余光中先生后来回忆起当年创作这首诗时的情景曾说过："随着日子的流失愈多，我的怀乡之情便日重。在离开大陆整整二十年的时候，我在台北厦门街的旧居内一挥而就，仅用了二十分钟便写出了《乡愁》。"2012年他也说过："21岁离开大陆，再次回来已经64岁了，中间隔了几十年，《乡愁》就是在这样的背景下产生的。"

第一次知道这首《乡愁》，是20世纪70年代末在广州读书的时候，年轻的我，一读到它，就被这首具有无比丰富内涵的小诗感动了。

这首诗虽然只有四节八十八个字，但通过精炼地提取了几个单纯的意象，以一枚邮票，表达小时候的母子分离；以一张船票，表达长大后的夫妻分离；以一方矮矮的坟墓，表达后来的母子死别；以一湾浅浅的海峡表达游子与祖国大陆的分离。诗先从侧重个人的角度起笔，"一枚邮票""一张船票""一方矮矮的坟墓"，为诗的后面进行铺垫，在诗的结尾升华到一个新的高度："而现在，乡愁是一湾浅浅的海峡。"将个人的悲欢与伟大的祖国之爱交织在一起，起到震撼心灵的效果。在诗的构思上，别出心裁，结构巧妙。长句与短句相互错落变化，同一位置上词的重复和叠词的巧妙运用，在音乐上谱成一种回环往复、一唱三叹的优美旋律，结合诗的意境，给全诗营造了一种低回怅惘的氛围。小诗朗朗上口，情真意切，唱出诗人心中对故乡和祖国的深深眷恋之情，引发读者无尽的联想。此诗在内在感情上继承了我国古典诗歌中的民族感的优良传统，以很深的历史感和民族感，来表达鲜明的现实感。正如诗人在他的《白玉苦瓜》序中说的："纵的历史感，横的地域感，纵横相交而成十字路口的现实感。"多年后再读《乡愁》，更发觉其中的悲怆穿越时空，击中人心，更深地体察到游子盼归的殷切情怀。

四十多年来，这首诗影响了一代又一代人，不仅在台湾、在大陆，而且在这个世界上有华人的地方广为传诵。《乡愁》是海内外华人的一首共同的思乡曲。

离乡的游子，没有一个不思乡的。分隔几十年的海峡两岸的中华儿女，固然有那种浓烈的乡愁。就算离家出外读书，出外工作，离开了生我养我的乡村，离开了父母家人，当夜深人静的时候，自然也会在内心深处涌出一种淡淡的乡愁。我在年轻时离开家乡到广州、深圳等地求学、求职的岁月，每逢佳节，都会自然而然地记起远方的父母家人，总会忆起乡中的景物，总会生出一种莫名的惆怅，涌现一种淡淡的哀愁。这种挥之不去的故乡情结，就属于我存于心中的乡愁。只不过，这种乡愁是淡淡的，因为，返乡指日可待，不比余光中先生诗中的那种归乡无期。有些久别家乡的远方游子，即使有朝一日真正回到故乡，但因为年代久远，人事全非，触景生情，还是免不了有一种惆怅之情。曾见到报道，有位离乡几十年的八旬台湾老人，千里回乡，跪拜故土。但亲人早已不在，儿时的故人已所见寥寥，感慨之余，吟咏一首《回乡有感》："白发回乡一梦中，故园已非旧时容。只有门前清江水，涛声日夜水朝东。"读罢这位老人的诗作，我曾感慨万千。那人为造成的"一湾浅浅的海峡"，曾无情地打碎了多少人的故乡梦、思乡情。当终于回到熟悉而又陌生的故乡，触景生情，自然引发无尽的感叹。

余光中先生一生写过千多首诗，撰文数百篇，是一位诗文双璧的大家。著名作家梁实秋先生称赞余光中先生："右手写诗，左手写散文，成就之高，一时无两。"香港中文大学教授黄维樑先生把他的作品形容为"璀璨的五彩笔"："用彩色笔来写诗，用金色笔来写散文，用黑色笔来写评论，用红色笔来编辑文学作品，用蓝色笔来翻译。"诚如黄教授所言，余光中先生在文学上的成就是多方面的，他的散文、他的翻译作品同样很出色。但是，无论诗歌，散文、评论，还是其他作品，都有一种主题在里面，那就是他对祖国、对中国传统文化的无限深情。当他离开中国大陆时，是一位黑发少年，蓦然回首，已是雪上白头。他到过很多国家，半生颠沛流离，唯一不变的是他对祖国母亲的那份情怀。纵观他一生的文学成就，给人印象最深刻的还是他的诗，特别是《乡愁》。

余光中先生，那位一生热爱祖国、称赞"中国，最美最母亲的国度"的诗人驾鹤西去了，他那些如《乡愁》般的优美诗句已成绝响。但他的名字将镂刻在中国文学史册上，将永存在千千万万的游子心中。余光中先生，请带着你的乡愁，带着你对祖国母亲的无限眷恋，一路走好！

作者简介：梁建成，广东东莞人，高级工程师、律师。自幼喜欢文学，尤爱散文和诗词。在公务繁忙之余，也偶尔练笔，但总是自惭形秽，不敢示人。受清代诗人袁枚的"苔花如米小，也学牡丹开"鼓励，尝试更多文学创作。

宽容

陈渝明

"最高贵的复仇方式是宽容，宽容就像清凉的甘露，浇灌了干涸的心灵；宽容就像温暖的壁炉，温暖了冰冷麻木的心；宽容就像不熄的火把，点燃了冰山下将要熄灭的火种；宽容就像一只魔笛，把沉睡在黑暗中的人叫醒。"

经历了无数磨难、被撕咬和吞噬，雨果终于把上面这段文字留给了世界，留给了所有的人。复仇的方式有很多，雨果选择了宽容，文学家终于成了智者。

"人心不是靠武力征服，而是靠爱和宽容征服。"宽容是人类不可或缺的美德，是生活中的写意，它像黄河泰山，令人肃然起敬，它包含着整个宇宙。科学因为宽容，原谅了所有的诽谤和愚昧，宽容地用成功和进步拯救着人类。

宽容绝不是简单的"原谅和退让"，也不是"姑息错误和软弱"，它是大爱下的兵不血刃。"不战而屈人之兵"，让复仇者穷极一生，依然不得要领。

宽容是生活的化简，化简是生活的回归，回归是生活的最高境界。简化的人生里多了宽容，则能让幸福走得更远。宽容是一门艺术，它忌讳虚伪的累赘重复。如小说散文诗歌的平庸叙述、文字重叠的平铺直白，都是倦人眼球的下品；叙话者的无味重复、会议桌前的长篇累牍，都是失去宽容、浪费时间的罪人，其唠叨不但令人厌烦，且有谋财害命之嫌。然而时间宽容着他们、读者宽容着他们、听众宽容着他们。其作品和讲话虽让人味同嚼蜡，"宽容"却悄悄地释放着"原谅"。尽管"冲冠一怒"者改变历史、睚眦必报者祸害江湖、老于世故者玩弄城府，"宽容"还是慈悲地为他们在"恶报"中超度。

刘长卿在《送灵澈上人》中写道："苍苍竹林寺，杳杳钟声晚。荷笠带斜阳，青山独归远。"此种境界、此种恬淡，全在淳朴秀美里，全在无限宽容中，它与欲壑难填、穷凶极恶、患得患失的市井小人终身无缘。

"世界上最宽阔的是海洋，比海洋更宽阔的是天空，比天空更宽阔的是人的胸怀。""宽容"一词早已注入了人类厚厚的人生字典，惠及世上芸芸众生。

孔子懂得宽容，其传道授业，艰难尴尬、含辛茹苦，在人生春秋里多有记载。

孔子曾说了一个"恕"字，让学生终身奉行，其意即宽容。如今，世界上孔子学院林立，孔子却笑说"逝者如斯夫"！因为他的宽容，人类记住了整个中华民族。

《道德经》一蹴而就，为了学生，为了出关，遁身黄沙的老聃怎么也想不到，他的东方经声竟然能响彻云天，足以和西方的《圣经》媲美。因为他的宽容，人类又一次记住了整个中华民族。

司马迁的心在流血，却把宽容写进了中国第一部纪传体通史《史记》里，曾经的热血沸腾变成漫天江波，流归大海，澎湃到今天。聪明者看到《史记》的每一页里都写着宽容，愚昧者却视而不见，置若罔闻。

有容乃大，无欲则刚。因为宽容，三国时期蜀国的蒋琬留下了"宰相肚里能撑船"的千古佳话；因为宽容，蔺相如让大家都明白了"负荆请罪"的诚恳与自责；因为宽容，彭德怀得到了士兵的敬爱，成就了"彭大将军"的美名。莎士比亚说："宽容就像是天上的细雨滋润着大地。"宽容，它赐福于宽容的人，也赐福于被宽容的人。

人类如果失去宽容，整个世界将会黯然失色。曾经有这么一段故事："有个姑娘要开音乐会，在海报上自称李斯特的学生。演出前一天，李斯特出现在姑娘的面前。姑娘惊恐万分，抽泣着说：'出于生计冒称您的学生，请您原谅我的过错。'李斯特要她把演奏的曲子弹给他听，并加以指点，最后爽快地说：'大胆地上台演奏吧，你现在已是我的学生。你可以向剧场的经理宣布，晚会的最后一个节目，由老师为学生演奏一曲。'李斯特在音乐会上弹奏了最后一曲。"

音乐会的圆满成功，让姑娘感恩戴德！感人的慈爱、令人饮泣的"宽容"，给了姑娘一条生路。

方志敏在狱中把宽容送给了饥寒交迫的奴隶。一支短短的半头铅笔把散文《可爱的中国》谱成了高亢激扬的交响曲。意志、希望、真情，舍生忘死把地球撼动了上百次、上千次，让无数国人落泪，万千志士折腰。直到现在，我还要感谢那些历尽艰险，把《可爱的中国》带出牢狱的人。

"世界以痛吻我，要我回报以歌。"这是怎样的一种宽容？中国成语"以德报怨"言简意赅地启发了泰戈尔，"宽容"用诗句感化着世界。

心存宽容，可以"悠然见南山"，可以把"心底无私天地宽"放大无数遍。"虽九死其犹未悔"是宽容酿成的美酒，是宽容吹来的梨花，是宽容结成的硕果。

无须赘述，"宽容"精心打扮着人类的整个历史舞台。中国人民的奋斗、中华民族的崛起离不开宽容。宽容能否构成一幅定格瞬间、感人醒人的油画？能否成为当代诲人不倦的座右铭？能否把"奋斗"充盈得躯健体硕？答案毋庸置疑。

有一副对联写得好：退一步天远地阔，让三分心平气和。全联都以仄声字开头，是撰联人有意而为之。它道出人活着都在退让之间，方显宽容。就如手擎宽容火炬的人充满朝气、大步流星地向前奔跑，即便倒下，也要把火炬传给接棒者。历史证明：只要你心有家国心存宽容，希望的火苗会把痛苦燃成快乐、把艰难变成坚强、把牵挂变成动力、把复仇变为宽容。

伏契克说："悲哀永远不要同我们的名字连在一起。"那就把宽容同我们的名字连在一起，把微笑和淡定送给所有的朋友。

作者简介：陈渝明，笔名雾都深林。湖北省广水市人，湖北省作家协会会员。

童年的回忆

李录生

> 60后的童年，是贫瘠的土地上开出的快乐的小花，是漫漫长夜里星星点点的萤火虫，是冰天雪地里翻山越岭的孔明灯……
>
> ——题记

那时候还很小，我就在冥思苦想一个问题，却一直没有问旁人，也就一直没有答案：为什么我们的村子有这样一个有点儿古怪的名字？为什么叫作鸭铺？其实，鸭"铺"是什么，我是没有明确概念的。只是隐约觉得，一定与鸭子有关。直到有一天，五队的兆佑伯伯与四队的仁端二哥，戴着竹斗笠，拿着长竹竿，赶着鸭子从我眼前经过，我才确信了我原来的猜想是没错的。鸭子真多，密密麻麻的，仿佛看不到头也看不到尾；那雄浑的嘎嘎嘎的鸭叫声，混合着鸭子们急促沉闷的脚步声，有如排山倒海之势，仿佛要淹没了兆佑伯伯嘴里吹响的口哨声。每当这个时刻，我就会朝着响声奔来，兴奋地迎接鸭子的队伍，再心满意足地目送鸭子们远去。去哪里呢？早晨应该是去田里了；而傍晚，一定是回到禾塘（晒谷场）边上它们的家里了。

兆佑伯伯和仁端二哥，可能是那时候我最先认得的两个"旁人"了吧。在我幼小的心灵里，他们是那么神奇，让我肃然起敬。我们村里有很多很多大人，其他人都是扛着锄头或者担着笓箕出工、收工；只有兆佑伯伯和仁端二哥在看鸭，就像指挥千军万马的大将，你说厉害不厉害！

后来，我佩服玉珊伯伯、剑横哥哥和光明哥哥。他们的毛笔字写得好。是的，太漂亮了！我也不知道从什么时候开始对他们的字着迷的，大约是某一年的年末吧。

那时，虽然物质条件差，但过年十分隆重、热闹，年味很浓。贴对子，是最具仪式感的项目了。年三十那天，各家各户把事先从塘市圩上买到的红纸，拿到玉珊伯伯这几位家里，请他们帮忙写对子。玉珊伯伯他们从早晨写到傍晚，为邻里乡亲写对子要忙一整天。玉珊伯伯有个很大很厚的砚（我们叫墨盘），在墨盘里倒一点水，他就拿一块长条形的"石墨"在墨盘里转着圈不停地磨。渐渐地，一股浓郁的特殊的香气从墨盘漫溢出来，墨水变成浓稠的墨汁。这时，玉珊伯伯脸上会露出浅浅的笑意。他把裁好的红纸平铺在八仙桌子上面，用一块长条形的东西把红纸的前端压住。后来知道，这个长条形的东西叫镇纸，很重。玉珊伯伯把它压到纸上的时候，会发出很沉重的响声。他写字写得很快，一副对子一气呵成，仿佛变魔术一般。那时我还没有到上学的年龄，不认字，但我觉得他的字写得很好看，大人也在旁边不停地夸赞。玉珊伯伯写对子是要戴眼镜的。每当停下笔的时候，他会把头压低，下巴几乎抵住了喉结，再把目光很吃力地透过镜框上沿来看人，这神情很有趣。玉珊伯伯大字、中字、小字都写得很棒，村里人家的墙上留下了他许多的墨宝。而光明哥哥最擅长写拳头大小的字，每一个都像机器打印出来的一样，很经看，很漂亮。

后来发现，玉珊伯伯读过很多书，记忆力也相当惊人，《增广贤文》《千字文》《将进酒》《滕王阁序》等名篇都能倒背如流。其实，玉珊伯伯和我同辈，为什么我要叫他伯伯，我没有问过究竟。他跟我大伯住对门，叫我大伯为"叔叔"，叫我爸爸时却直呼其名。其中的原因是，他的三崽跟我大哥是同年老庚，亲如兄弟。而他比我爸年长，所以我叫他伯伯。抑或还有其他理由，我不得而知。但是，我对玉珊伯伯的敬佩是根深蒂固的。他知识渊博，文化素养深厚，为人豁达豪放，是远近闻名的"玉珊老师"，着实值得尊重。

我父亲有三兄弟。大伯是合作社（供销社）主任，三叔从福建厦门前线部队转业到了核工业部721矿（江西抚州），爸爸是食品站职工。在乡亲们看来，父亲三兄弟真的有出息。从别人羡慕的口吻和目光里，我从小也感受到了那份荣耀。

大伯个子不高，但十分精神，很有当干部的气质，说话一套一套的，底气很足。他腕上的手表十分抢眼。他还有一辆线车（单车，自行车）。这两样东西，我们村里只有大伯有。每当大伯回来，奶奶就带我去大伯家。有一次大伯是天快黑才回家的，还带来了几个陌生人。喝了酒，吃了晚饭，那几个陌生人就走了。快过年的时候，那几个陌生人又来大伯家里了。虽然过去了很久，但我肯定，就是上次来的那几个人。爸爸告诉我，这是大伯的同事，其中一个是供销社的副主任。大伯是主任，他们是来给大伯辞年的。那天晚上，大家坐在福禄厅（用厚实的方木围成，方形，闭合，相当于凳子）上，围着四方桌子喝酒，热闹得很。桌子中央的煤油灯，把大家的脸都照得红红的，还反射着亮光，让我感觉到十分温暖。酒喝了很久才散。大伯的同事跟大伯和爸爸握手道别。爸爸抱着我，和大伯一起把客人送到水口山（通往马路方向的村口）。客人们打着电火（手电筒），越走越远。最后，脚步声、说话声和电火的亮光，一起消失在大枫树下浓浓的夜色之中。

三叔在江西的矿上工作了很多年才把婶婶他们接去矿上安家。那天，天还没有一点儿亮光，大家就起床了，说是要去很远的地方搭火车，迟了就会赶不上。我们一家人都起来了。妈妈和大哥、二哥帮忙拿着行李，爸爸背着我，拉着姐姐。奶奶和三叔、三婶，以及四哥（三叔的长子，我们堂兄弟九人中排行第四）、明娟，都没怎么说话。大家走在青石板路上，脚步凌乱。到村口了（水口山），大家停了下来。奶奶叫妈妈带着我和姐姐返回去睡觉。这时候，明娟突然哭了起来，四哥也哭了，大人们并没有责骂他们。也许，那种离愁别绪，无论长幼，都是相通的吧。虽然有手电筒的光亮在晃动，但在前方，仍旧是伸手不见五指的黑夜，一股凉意骤然袭来。明娟是跟我同年出生的堂妹，也是我最亲近的玩伴。那时的我虽然不知道去安家是什么意思，也不知道江西在哪里、有多远，更不清楚以后能不能常常与明娟在一起玩儿，但我已然感受到此时此地气氛的不同寻常，甚至预感到从此以后会失去什么重要的东西，于是我也哭了。妈妈只好赶紧带我和姐姐返回了……

作者简介：李录生，男，汉族，大学本科文化。1993年任塘市中心完小校长，长期从事学校管理工作，现任桂阳县责任督学。系湖南省诗歌学会会员、郴州市摄影家协会会员、桂阳县诗文协会会员。

情忆故乡

张丰收

坐思秋水，谁人解游子归心？
回望寥空，哪片是故乡白云？

——题记

我的歌声穿过深夜，
向你轻轻飞去……

——又题

离开故乡四十年了，在这漫长的岁月里，我每天都思念我的故乡——吉林省农安县永安乡。那里的一村一路，一草一木，都能带我重回青春少年！尽管时代的大铲车，早已推平了三大差别（工农差别，城乡差别，体力劳动和脑力劳动差别），故乡也跨入现代化的行列，但难泯我对故乡四十年前的记忆，我把那个小镇的过去写出来，不是歌颂，不是赞美，而是聊表一下我对故乡的四十年思心！

我的故乡永安乡，是黄龙古城农安县最北部的一个乡镇，南接波罗湖，北衔松原市，东临三盛玉，西壤伏龙泉。小时候的我用"永安三伏中"记忆这个地理位置，而三、伏都是农安大镇，让永安镇显得微乎其微。四十年前的中国地图上，有波罗湖，有三盛玉，有伏龙泉，有前郭扶余（松原市前身），没有永安，就是在这个"无名"小镇，我走过了十八年的青春岁月。

这里，没有引人遐思的大山阔水，没有令人向往的名胜古迹，没有古今名人的墨宝，然而，故乡那朴素的土地、朴素的村庄、朴素的人仍让我魂牵梦萦！

故乡的春天，呈现一片浅绿，被冬寒摧残得叶枯而根不死的野草又发出了新芽，那平凡的杨树、柳树、榆树，也都绽开冻僵的脸，露出淡绿色的笑容。

人们也开始忙碌了，送肥、育种、备耕，尽管那时也有少量农业现代机械加入农忙，但勤劳的牛、"沙愣"的马、质朴的驴天然是农民的好帮手。这不，春天又给它们赋予了使命，在那"希望的田野上"，辛勤耕耘，和它们的主人一道，播下希望的种子。

盛夏到来之际，故乡的原野，野花芳芬，沁人心脾，我们这些淘小子无拘无束地满山乱跑，但此刻大人们的心思却像正弦曲线一样波动起伏，他们在不停地虔诚祈祷："老天爷啊，千万不要旱，千万不要涝，该晴时晴，该雨时雨。"可是时不遂人愿，旱涝风暴，常常给农民画上一副愁眉不展的脸谱。然而，故乡的人们，在灾难过后，又一声不响地开始了夏天里的"春耕"，补苗的补苗，重种的重种，从来都没有放弃过希望！

居住于大都市的人，往往很讲究营养学，肉类、蔬菜、水果，各式各样，很是齐全。在我的家乡，吃的都是当地土产、肉类——自家养的猪、鸡、鸭、鹅，也有少量的羊、狗、鱼类，想吃就宰，不算什么！至于蔬菜，绿色季节比城市吃得鲜，青黄不接时没有城市的菜品丰富。冬天，故乡的人们只能用地窖储存一些土豆白菜萝卜之类的蔬菜，不像大城市，冬天里还能吃上黄瓜茄子等。

水果，家乡盛产杏子、海棠、桃子一类，每到七八九月，孩子们总是以瓜果桃杏下饭，没有探讨过营养价值如何，却吃得满口香甜。

秋天是收获的季节，也是最辛苦的季节。虽然春耕夏锄都很累，但"三春不如一秋忙"，人们在秋风中挥汗如雨，割谷子、掰苞米、起土豆，一边干活，一边唱着无名小曲，乐在其中！大自然还是公平的，辛勤劳动，终于收获硕果累累！极易满足的农家人，不正是盼着这金色秋天的到来吗？

故乡地处北国，冬天寒风凛冽，可热情好客的故乡人却温暖心窝，你每到一家一户，都会被主人家热情款待，主人会把你推到热炕头，把传统的泥火盆端到你面前，即使没有热炕火盆，你也能从那一张张好客的笑脸体会到来自农家的温暖！此刻，你可以尝一尝甜甜的蜂蜜水、香香的葵花籽、面面的烧土豆，或者还可以吸一口自卷的辣辣的"蛤蟆头叶烟"。若赶上饭口，冻豆腐、酸菜炖血肠，一杯当地土烧，滋润着呢！

这就是四十年前的我的故乡。

改革开放大潮早已经把家乡推向新的里程，但我相信，故乡，永远还是那么朴实无华，那么可敬可爱！在我的心里，永安，她永远是春天般的少女，永远是少女般的春天！

——谨以此文献给我的故乡和故乡的父老乡亲！

作者简介：张丰收，生于1960年，四十年前自吉林省农安县永安乡民主村考入哈尔滨工业大学数学系，理学硕士，大学毕业后，一直在大学、中学（兼职）任数学教师。除代数几何之外，也喜欢托诗言志表情，理科生的先天不足之故，常常局限于自娱自乐。数学我所爱，文学亦我所爱，愿我爱伴我一生！

感恩爸爸

吴永良

又到清明节，雨纷纷，情绵绵，又勾起了我对爸爸的思念。爸爸虽已离开我们多年，而此时，我觉得他就在我身边。我仿佛看到了爸爸那慈祥的面孔，那高大的身躯，那布满老茧的双手，然而，这毕竟是过往的序幕，梦终归是梦，失望、辛酸和感恩的泪水夺眶而出，止不住地顺着双颊流下，一件件往事在我的脑海中铺开，好像就在昨天。

爸爸是一位普普通通的庄稼人，一个字都不认识，甚至连自己的名字都不会写。他朴实憨厚、本分勤劳、和善待人、谦和有礼、意志坚忍。在我刚满六岁的时候，病魔就夺去了母亲不满四十八岁的生命，中年丧妻的爸爸从此顶着巨大的精神和生活的双重压力，领着我们七个尚不懂事的孩子在贫寒中奔波，艰难中度日。他早晨鸡叫三遍就起来做饭，月亮刚落又到农田里劳动，星星一出就回到家中，既喂鸡又喂猪，有时在灯下还为我们缝缝补补，又当爹来又做娘。十里八村，左邻右舍，一提到我的爸爸大家总会夸上几句，有时还高高竖起大拇指。

爸爸没有文化，但思维敏捷，头脑清楚，爱听广播，从我记事开始，家中仅有的一台东方红收音机，每天早晨六点钟就定时打开。他关注国家大事，了解民间小事。有时在晚饭后，睡觉前，常和我们讲三国论当下，当讲到"南京解放"，如何解放了盘山县沙岭镇，更是滔滔不绝，讲得津津有味。他告诉我们，翻身不忘党，现在的幸福得感谢革命先烈。

爸爸为人正派，憨厚实在，那时我们家本来就不太富裕，但他对别人的求助总是舍得付出。有一次中午天下着小雨，我们正吃午饭，邻居的高大爷站到我家大门口，说由于下雨没有柴火做饭，爸爸二话没说，把我们还没有吃的一盆高粱米饭全送给了他。我们姐弟都不情愿地责怪地看着爸爸，但他饱含深情地说："人都有难处时，如他不难，怎么会站在我家的门口呢？"爸爸的话虽然不多，但在我幼小的心灵中却留下了助人为乐的种子。

爸爸很开明。记得一个初春的早晨，寒风凛冽，光秃秃的树枝上还看不到一丝春的信息，他叫醒了我，为我穿上新的衣服，告诉我送我去读书，"儿要读书"，爸爸高兴地忙碌了一阵子，便端来了一碗热气腾腾的鸡蛋炒米饭，笑呵呵地对我说："快吃吧，吃完上学去，读书一定要争第一名。"我狼吞虎咽地吃完饭后，背上黄书包踏上通往学校的小路，爸爸站在路边，一直饱含深情地目送着我。多少年过去了，我一直铭记着爸爸的话，"儿要读书必成人"。

爸爸是个农民，儿时受苦，中年丧妻，又带着我们艰难地生活，到了20世纪90年代，身体也一天不如一天。1995年的春节刚过，我和爱人孩子多次去探望他，四方求医问药，想方设法治愈爸爸的疾病。他看到我们买一些贵重的药品，总是说："省着点吧，挣钱不容易，我这病花多少钱也是白搭，不要花那么多钱了。"爸爸越这么说，我的心里越难受。我还是千方百计不惜花钱为爸爸治病，让他晚年生活得欢乐幸福。

那年四月的一天，我花了三十元钱买了当时稀有的两个大杧果送到他的面前，他用颤抖的双手接了过去，看了又看，闻了又闻，说道："我吃到儿子为我买的杧果了。"他边吃边说，眼泪唰唰地流了下来。当时，我的心如刀绞，虽无言语，但我心里明白，劳累了一辈子的爸爸，尽管八十有三，却多么希望在这美好的光阴中，再多走上几回。

爸爸离开我们已有多年，逢年过节，亲人团聚之时，就更加想念他。如今，社会发生了翻天覆地的变化，我们的生活一天比一天好。谁言寸草心，我想，假如爸爸还能吃上我买的杧果，假如爸爸还能在灯下为我缝缝补补，假如爸爸还能在路边目送我去上学，那该多好啊，可是这一切的一切，也真的永远成了假如……

亲爱的爸爸，我们真的好想你！

作者简介：吴永良，辽宁省鞍山市人。退休前任鞍山市人大财经委主任委员。曾在鞍山市委、鞍山市人民政府有关部门任职。爱好写作，曾在国家、省市有关报纸杂志上发表文学作品、报告文学、散文、诗歌近百篇。

画里画外忆青春

熊军

每当工作疲惫、情绪低落，抑或清静闲暇、读书品茗之余，翻看着学生时代的作品，就想起那段火热的青春岁月，心怀梦想、朝气蓬勃，相信用画笔能描绘"未来"！

时光荏苒，一转眼，这些画作伴随我度过了二十五年时光。年少时，我希望自己成为一名艺术家，然而，命运却让我成了一名企业家，践行12字座右铭：唯真至诚、守信践行、惠人达观，我知道，这是要用自己的一生去努力的目标。

很幸运，在我初中那年遇见了我的绘画启蒙老师——陈劲松（著名水彩画家吴兴亮的学生），是他引领我走进艺术的大门。当时石阡县文化馆在县城各学校选拔优秀的艺术培养"苗子"，凭借对绘画的热爱和执着，陈劲松老师推荐我到县文化馆美术班进行专业学习。文化馆馆长张正江老师教我们国画，我课余就到他的工作室看他画苗岭侗寨山水和花鸟画，他的女儿张爱艺老师教素描和色彩（水粉），爱艺老师那时二十五六岁，美丽阳光、才华横溢。陈劲松老师也常来文化馆给我们讲课，教我们画水彩画，我们经常一起到石阡县城周边村寨写生，有时还带着装铅弹的气枪打鸟，晚上聚会伴着月光，聊艺术史、绘画、雕塑、音乐、文学等，聊到高兴处陈老师还拉起小提琴助兴，现在想起来那是一段很美好的时光。那时的县文化馆开设有美术、书法、电子琴、二胡、舞蹈等培训，学习氛围很好，我们美术班一起画画的有李欣等十余人。1990年初中毕业，我到铜仁师专（现铜仁学院）附中读书，后转学到铜仁二中读高中。

1992年，我以贵州省铜仁市专业第一名的成绩考入贵州省第二轻工业学校（后更名为贵州轻工职业技术学院）服装设计专业，当时的二轻校大师云集，曾是全国轻工业学校工艺美术专业考试考场所在地，先有著名雕塑家田世信、版画家董克俊、国画家杨长槐、油画家向光等都在学校任过教，还有在国内国际享有盛誉的艺术家，创造了贵州艺术史上的"龙洞堡现象"。

记得进校报到那天正好是中午，秋高气爽，阳光明媚，学校大门正对着足球场，球场的草地有些泛黄，风吹着校园里的梧桐树沙沙作响，地上时而飘落片片黄叶，满眼都是初秋带着点黄的绿色。那时候的龙洞堡有点荒凉，不大的街道坑坑洼洼，太阳出来灰尘漫天飞舞，下雨就泥泞不堪，行人在路边稀泥里摆放垫脚的砖头，走在上面就像跳舞一样，不小心踩空就是一脚稀泥，街道两旁还是歪歪斜斜的木房子，学校围墙外都是荒凉的山坡，后面有些玉米地，围墙五百米开外就是一片坟地和黑松林。龙洞堡对我来说就像凡·高的阿尔勒、高更的塔希提、塞尚的圣维克多山。在学校的几年里，周围方圆十里都是我写生的场所，黑松林、三岔路口、小碧、机场、见龙河、石拱桥、小寨、森林公园等，每天下午四点放学和周末提着画箱外出写生，没有钱买画布，就用卡纸刷上胶和废旧画布作画，画幅不大，个把小时就可以画一张，画完以后再回到寝室吃饭，学校食堂五点开饭，七点半上晚自习，提前请同学把饭打好放在寝室，吃了饭再去自习，几年下来有几百张画。还没有开学，学校很安静，我是我们寝室第一个报到的，提前了两天，正想着找人问一下新生报到处，迎面走来一个脸形方正、面带微笑、精神抖擞，穿着紫红色卫衣、休闲裤、高帮皮靴的三十岁左右的人，看上去应该是老师，我主动上前打听报到处，他热情细致地给我介绍报到地点、报到流程、校舍位置，后来才知道，我进校第一个见到的那位老师就是日后对我产生很大影响的恩师陈红旗教授。青少年时期是人生品格形成的关键时期，这个时期的环境和导师的影响对人一生性格和品格的形成是很关键的引导，是他们打开我智慧的大门，引领我求解人生的真谛，不仅教会我绘画的技巧，还塑造了我积极向上、不断进取的人生态度，在我迷茫时，为我指明前行的方向，在我创业的征途上，给我腾飞的翅膀和弄潮的力量。

得于老师们的支持和鼓励，1994年4月我在二轻校举办了首次学生个人画展——《西江行》采风速写展；1995年10月举办了《熊军——水彩/水粉/油画》展，也参加了一些国际国内的展览。毕业工作后，由于多次搬家，遗失了许多画作，大画几乎损失殆尽，目前仅有小品两百余幅。正在整理的一本个人作品集，其中就收录了这批作品中的一部分。

一路风雨，历经人世浮华，当我身处困厄时，常想起那个充满梦想的年代，心中依然有艺术的光亮，让我用爱去拥抱生活，对未来充满希望，以致敬我们曾经激情澎湃的创作热情和火热的青春！希望我们人生的每个阶段，都能感受到不一样的"幸福"，这背后是对美好不变的"信仰"！

2022 年 4 月 28 日于贵阳

作者简介： 熊军，贵州石阡人，硕士研究生，贵州一品传媒（集团）董事长兼总裁，中国广告协会学术委员会委员，重庆大学软件学院贵州校友会首任会长。对绘画、书法、篆刻、文学等艺术形式都有涉足，作品多次在国内外展览、发表。

精选诗词集

罗正军　诗八首

祭袁隆平院士

功成杂交稻为天，路远雄关只等闲。

心语天雨悲陨圣，杜鹃啼血别人寰。

燃烛火，奠隆平，常躬禾下殚精现。

垄亩未离初造福，懿德天妒神仙间。

桃花

春风解语花心动，红袖添香人面羞。

芳魂艳袂红梢翠，野陌蝶欢难献寿。

微风惊鸟飞远走，乡音语落锄草叟。

待转身时频招手，万树繁花唇弥久。

柏树花

香浅花红雪柔姿，春夏秋冬悟心知。

花径不曾来时路，云清玉烟水边寺。

新枝紫燕笑迎君，风细香随花上衣。

稍觉许踝春波软，闲来意趣径上牵。

秋韵弹指别

含香枝上菊尤梦，叹我盈眸花魂影。

檐宿白云山气重，静夜微凉醉秋风。

可有一花开向我，恨无半日可偷闲。

相思静院夜犹寒，星落归处是卿卿。

七夕

银河鹊桥月摆渡，红颜觅友四壁徒。

勤起重担敢独当，纤云有爱双星口。

岁月闲说牛女事，今夜思人何诉投。

愿有岁月可回首，且以深情共白头。

望笔架山有感

秋声阵阵云天外，欲采山花露湿衣。

花残絮乱归意幽，烟笼禅心松风意。

三山椒色为谁绿，笔架青山酬壮志。

宋雨唐风动诗情，一路春风不及卿。

雨黛青烟染

闲趣空庭看风雨，秋水含情空对镜。

山外烟波暗林池，河流雾浸溪成景。

三径稀花云中逐，柴门孤塌竦百灵。

士濡芳草心生意，白云大爱至理明。

花椒吟

山川战后乡音改，青丝乱序掭花迟。

半袋云思起热泪，红颜夕照逐年寄。

沉浮孤香落谁家，出入烹调玉鼎意。

我本山野无所系，最适闲眸楼外枝。

作者简介：罗正军，甘肃天水人，1971年生。高中毕业。网名桃丽花语，酷爱古典文学，在悠然见南山中消遣，在文字中求一份安宁，追寻一种自我。

路南明　诗十首

边塞夕照
大漠高秋万里风，夕阳渐落半营红。
遥看岭上刀光闪，恰是边兵望远鸿。

少年从军
男儿敢立沙场志，放眼苍茫大漠边。
雨雪风霜行塞北，刀枪战马啸胡弦。

戍边情
西风折草催征雁，大漠高秋啸远天。
将士青春家国许，关山冷月几回圆。

北疆早操
号角声威环戍垒，三军驰骋动峰群。
高歌长贯英雄气，直上胡天遏彩云。

建军节有感
踏破边荒千里路，烽台笑指虏痴狂。
风霜纵使飞双鬓，亦敢提刀立夕阳。

少年志
青葱卫国辞乡里，裹雪披沙伴戍楼。
边塞纵横丈夫梦，扛枪岂是为封侯。

除夕忆昔
蜀地由来无厚雪，寒极大漠动雄师。
乡人把酒笙歌夜，战士提枪跨马时。

塞北冬日哨兵

冰封万里山川净，覆地飞天邑野同。

戌士肩枪烽顶立，军旗劲舞啸长风。

昔日军演

军旗猎猎层云散，号角声声乱鸟喧。

赤日黄尘三百里，雄师踏破大荒原。

夜饮作

金盅琥珀照星光，笑拂衰颜两鬓霜。

醉里不知身是客，沙场提剑展锋芒。

作者简介：路南明，男，汉族。祖籍山东省济南市，现住四川省绵阳市。曾从军六年，退伍后从警至退休。爱好古诗词。

孟庆良 诗词四首

致考生

十年磨剑为出征，今赴沙场向前冲。

刀劈斧砍血未见，白纸爬字定输赢。

春来随感

清明过后天转暖，最宜点豆理菜园。

万木苏醒生新绿，紫燕归来认旧檐。

荷锄辛勤耧希望，小憩煮茶品流年。

半生沧桑随风去，凭借春光再种兰。

重阳

曾为年少赏花黄，又逢重阳上老榜。

风霜染就双鬓白，岁月刻成额头王。

情牵百脉翻浪漫，心恋故乡描诗长。

虽为桑农犹惬意，不效冯谖怨孟尝。

鹧鸪天·大暑（新韵）

耀眼骄阳似火烧，蜩蝉舍命叫声高。老翁树下摇蒲扇，仙鹤湖边洗羽毛。

炎日酷，盼云飘，若渴痛饮水三瓢。天公降场及时雨，万里山河泛绿潮。

作者简介：孟庆良，男，62岁，山东省济南市章丘区人。业余诗词爱好者，农民，中央农业广播学校第一期学员，中专学历，曾从事煤炭行业管理工作三十余年，现居济南市章丘区。

段秀芳　诗九首

五律·春燕
展翅飞千里，归来日暖时。
携风裁旧叶，载雨润新枝。
竹苑寻春梦，楼台唱晚诗。
抬眸林茂处，野径赏花迟。

五律·春雨
满目千丝落，连天幕幛垂。
清泉流绿野，甘露润新枝。
奏响春之曲，吟来燕返时。
喜逢桃吐艳，更觉柳吟诗。

五律·咏梅
亭苑临风立，无心展媚姿。
含香生冷傲，望月寄情痴。
花蕊知春意，虬枝吟雪诗。
常同松竹伴，笑在岁寒时。

五律·立春
携孙沿岸走，风暖乍还凉。
既见竹疏影，欣闻梅暗香。
冰消湖水碧，草动幼鹅黄。
且看丝丝柳，飘然着淡妆。

五律·春游湿地公园
和煦阳光照，风吹面觉柔。
时闻山雀叫，又见纸鸢悠。
云影牵垂柳，湖心荡小舟。
回眸寻梦处，暮色笼西楼。

五律·海边闲吟
碧水蓝天阔，寒冬度假来。
沙滩伸脚软，细浪促帆开。

雁影追烟月，椰林荡清风。

夕阳斜照晚，霞色染红腮。

五律·访友

昔年同舍友，邀访竹楼边。

窗外藤萝挂，廊前菊蕊鲜。

茗香萦笑语，甘露沁清妍。

叙旧闲谈晚，迟归醉入眠。

七律·春日抒怀

独坐楼台晒暖阳，清风拂面为谁妆。

霞光璀璨桃花艳，树影婆娑柳叶长。

竹苑纸鹞飞水榭，东篱野鸭逐西塘。

铺笺落墨书春秀，万里芬芳入画廊。

七律·咏桃花

新条吐蕊知春暖，万树桃花竞斗妍。

旖旎芬芳迷远客，葳蕤馥郁引天仙。

群蜂采蜜枝头旋，野蝶寻香叶下翩。

素笔欣然书雅韵，千般姿色入新篇。

作者简介： 段秀芳，女，笔名竹笛。兰州市人，1953年11月出生，公务员。2009年退休后一直在北京生活。2021年6月开始学习古诗词，有作品收录发表在《北京头条》《科尔沁诗刊》《香江论坛》《武汉诗词微刊》《诗韵东方》。

易耀军　诗十首

七绝·神游最美东海岸线（六首）
（一）霞浦
籍甚名声蜚海外，文人骚客八方来。
篇篇佳韵云空舞，首首诗章九域徊。
（二）东壁渔村
落霞飞鹭映渔船，剪影佳人醉岸边。
遥看远山舒爽气，任凭轻雾吻腮沿。
（三）北歧滩涂
嶙峋怪石躺滩边，搁浅帆船待浪鞭。
三两妪翁抠海蛎，酒家桌上品肴鲜。
（四）海水养殖紫菜
朝霞晚翠映波清，近海篱笆网紫英。
好似天公描彩画，赤橙黄绿满眸萦。
（五）平潭"马尔代夫"海滩（新韵）
水碧天蓝矫雁旋，微风吹律送千帆。
沙滩踏浪轻歌舞，妖艳柔姿亮海坛。
（六）东山岛
位于闽粤两强间，举目东边是台南。
一众屿礁添摄兴，沙滩最美在门湾。

五律·秋钓
晨起凉霏拂，抛竿酷热蹂。
微风推柳浪，碧水见云丘。
挥汗盯浮漂，凝神戏玉钩。
逢秋毋寂寞，垂钓可消愁。

五律·辛丑末伏

立秋才四日，爽爽透心凉。

河畔幽声起，林间舞袖扬。

金风消伏暑，丹桂溢芬芳。

浮世归宁静，身闲觅玉章。

七律·九九重阳

寒来暑往又重阳，世事纷纭几短长。

似有金风吹桂落，疑驱玉露衬篱黄。

晴空云淡横归雁，叠嶂枫红点醉妆。

慨叹浮生多苦涩，暮龄犹爱看扶桑。

七律·春日开钓无收获

熏风丽日憩塘边，扬臂挥竿钓碧天。

鱼醒深冬长睡美，鹊嘲老板未尝鲜。

全程静守无丁获，旷野休闲却欲仙。

不必孜孜追得失，人生贵在自悠然。

作者简介：易耀军，笔名、网名岳枫，湖南长沙人。曾任陆军学院教员、大型金融机构省会城市高管及海内外人力资源主管。现为中华诗词学会会员、湖南省老干诗协常务理事兼副秘书长。酷爱诗词。

赵启琳　诗四首

春游

云祥景泰踏春行，杨柳枝头布谷鸣。
紫燕空中飘彩舞，铁牛垄上接新晴。
风摇碧草遐思韵，蝶恋鲜花雅意情。
旖旎连绵歌纵放，扬帆破浪启航程。

望故乡

登高远眺乐悠扬，最美洪湖赞故乡。
五岳三山风景秀，一河两岸紫云昌。
情怀热土传佳信，心系黎民抒锦章。
颂咏贤能功绩载，喜迎梓里百花芳。

北京冬奥会胜利闭幕

高扬雪板跃蓝天，舞动旌旗入画笺。
场地雄姿豪气展，奖台倩影掌声绵。
五环异彩歌情谊，双奥辉煌谱巨篇。
凝聚人心寰宇震，并肩迈步九州妍。

赞红色教育基地绍南村

九州锦绣唱东风，塞北江南抒党功。
红色基因青史照，绿茵旷野白云冲。
高擎赤帜扬宏愿，乐奏弦音傲昊穹。
一曲尧歌寰宇震，三杯绍酒俊英崇。

作者简介：赵启琳，网名川湖祥子，生于1959年7月，湖北省洪湖市人，中共党员。1976年3月从事教育教学管理工作，2019年7月退休，退休后，学写诗、词、曲，以此修身养性。作品散见于各类刊物。

彭海洲　诗词六首

烟雨楼·景况

雨洒落江天，天姿一缕烟。

烟波兴舞美，美妙醉神仙。

镜花水月·悠悠

风月柔柔花露水，水花渺渺月分明。

水中花月幽幽梦，花俏盈盈水月情。

天女散花·清赏

飞雪舞风尘，青松揽白银。

空心柔指画，入妙点题人。

蜡梅花·写意

孤芳自赏清风瘦，一种幽香抱玉华。

几许冰心吟雪月，阳光普照透窗纱。

江南春·美景

山清水秀风光美，鸟语花香意境佳。

安静温馨寻韵味，悠然融洽共和谐。

乐歌子·欢愉

天空日月新，大海涌星辰。

飞鸟乘风渡，花开浪漫亲。

　　作者简介： 彭海洲，笔名滋润，男，1969年生，大学文化，湖南省涟源市人，热爱古体诗词文学，喜欢音乐与哲学。现为广州市湖南灯光商会会员。

房向南　诗六首

初夏暴雨

燕啼雷动酒惊醒，晚雨夏阴凉又生。
溪上轻流人不语，红尘望处尽浮名。

春意

草露花烟抱蝶来，清溪浅水煮青梅。
远山薄黛云边影，空惹啼痕带雨回。

春寒

寒云冷雨染苍黄，无蝶无花更断肠。
最是不堪回首处，南山烟树雾茫茫。

寻春

垂杨绿草柳风轻，暖霭晴岚谁与度？
蓄意寻春不肯香，半山吟尽江南句。

孤吟

自君一曲离歌后，陌上愁烟秋意冷。
风去风来花蝶悲，月升月落夜孤影。

燕归来

燕啄檐铃不肯飞，浅醮花雨落霏微。
春寒昨夜催诗去，原是东风迎客归。

作者简介：房向南，潮汕人氏，曾用笔名牧云客、罗浮生、扶摇子等，作品散见于各诗词平台。

成志奋　诗四首

七律·迎春花（新韵）

春花烂漫彩蝶狂，乍暖还寒几许芳。

山色湖光旋潋滟，柔枝嫩叶衬鹅黄。

难为月季千姿媚，不比玫瑰百里香。

霁雨和风吹碧野，逸情雅致自徜徉。

七律·虎年咏虎（新韵）

雄威勇猛曳风行，出没无时任纵横。

啸傲山林常害命，平原遁迹亦杀生。

金眸银耳一笼困，铁爪钢牙百兽从。

玉虎迎春呈瑞气，旧疾当愈启新程。

七律·冬雪（新韵）

天穹旷野芦花落，飞玉琼枝瑞气封。

松劲凌霜苍翠挺，梅红傲雪暗香凝。

朔风残月繁星斗，短日寒光断鸟虫。

冬意咄咄无所惧，春情暖暖竞峥嵘。

七律·初冬感怀（新韵）

昨夜北风呼啸吼，今晨西岭挂凌霜。

苍山冷寂烟岚漫，银杏如歌落叶扬。

达誉三江诚守信，遨游四海创辉煌。

初冬料峭知秋味，感悟人生勇担当。

作者简介：成志奋，男，陕西咸阳人，复员军人。喜爱文学诗词创作及武术体育活动，诗词作品入编《中国民间诗人新编》《中华诗文选》《陕西诗词》《咸阳诗词》《三原诗词》等文学专刊。获得"爱国诗人"等荣誉称号，并获多次文学创作奖。现为中华诗词学会会员、陕西省诗词学会会员、长武县书法家协会会员。

张晓文　诗九首

忆知青岁月

芳华似火下村田，无悔韶光砺苦寒。
故地悠悠三载梦，乡愁渺渺百秋缘。
吆吆号子飘荒野，袅袅笛音绕沃川。
但许遥思吟鹤发，萦怀丝缕向心泉。

俏夕阳

浮生若梦岂云烟，杖策桑榆意淡然。
聚散匆匆情未了，嬉游处处景无边。
珠歌翠舞丝竹韵，玉翰玄池笔墨酣。
枫叶花争秋色美，夕晖流彩映霞天。

早春

赤紫橙黄黛砚山，江南春韵浸青宣。
晨风拂染云为墨，暮雨斜织水作椽。
十色香梅迎鹊舞，一池嫩柳跃鱼涟。
描红洒绿娇灵秀，诗画烟花斗媚妍。

晚秋

湖光山色染秋阳，野陌霜天月影凉。
一架银鹰归北朔，十行鸿雁返南疆。
申城雨雾织云锦，故里雪凇梳玉妆。
两地景观别样美，寄情同眷暖寒乡。

望月寄遥思

寥邃秋空皎月悬，夜光灯火映宵圆。
庭前雅兴抒诗意，窗外幽情几阕绵。

客寞斟觥独自饮，乡愁煮酒与谁酣。

浦江堤上凭栏望，涛涌云飘寄玉盘。

悼水稻之父袁隆平

毕生丹寸浸田墒，稻谷飘香梦乘凉。

华曜英名千古颂，功泽盖世举无双。

念故乡

客梦归乡逛小城，新知故旧又相逢。

江南塞北遥怀望，九九幽情分外浓。

秋游西林湖

金风秋韵绮斑斓，水草时花竞媚妍。

孤跛雏雕鸣阔野，双飞大鸧舞遥天。

狍徜绿毯寒湿地，鹤戏清波煦妪滩。

沉醉流连犹梦境，西林湖畔宛桃源。

追忆重逢

遥隔云树慕思浓，久阔寒窗聚故城。

牵手相凝含泪笑，交觥共饮醉姿迎。

畅游妍影无穷韵，劲舞柔歌未了情。

篝火高燃霞焰美，夕阳绚烂梦如虹。

作者简介：张晓文，网名竹影笛音。黑龙江省明水县人，大专学历，县人社局退休。文学、音乐爱好者。其诗歌、散文等作品，散见于多家报刊、媒体、网络平台。

鲍团利　诗六首

春天赋二十四

软风围毵鬓，绛光晚暮临。

信土情难尽，忆往苦上心。

春社

社鼓喧天起，熏香赛祭祀。

阳光明媚丽，春分山川碧。

春燕

春燕三月归，颉颃鸣逐追。

倏地剪试水，翻翻穿柳飞。

春雨

春风骀荡然，细雨露均沾。

穿柳冲云燕，颉颃飞翻翻。

油菜花

裳裳黄萼片，欣欣绿叶璇。

招蜂忙不闲，引蝶恋花翩。

燕子

呢喃说春潮，翻飞戏追高。

入垒筑新巢，啾啾檐梁绕。

作者简介：鲍团利，陕西华阴人。生于1969年，农民。喜爱诗词，热爱生活。现为长河文化签约作家。曾获得2021年全国首届"国韵诗墨杯"诗人奖。诗词多发表于华山诗会、东方兰亭诗社、三木秉凤《世界大同文化》等。

郭彦槐　诗六首

五律·赞医护人员

结石微创术，亲人细照顾。

大夫语意温，患者心情愫。

早晚皆寻声，夙期共视护。

仁恩白凤衫，其乐病根捕。

晚春

晚春飞尽花，大雁悄无鸦。

眺望原林景，山青吐嫩芽。

春分

昨夜狂风啸，桃梨残艳悄。

青枝绿叶新，蓝果小眉笑。

赏李花

漫山花笑心魂醉，酒醒梦清春已归。

褐色树枝栖鸟语，微风荡漾落芳飞。

庙安李花节

昨日一声春昼雨，漫山玉雪归山去。

前来八面赏心人，却见花飞叶赐予。

爷孙狂欢乐谷

稚幼嬉春童气婳，老翁惊艳驾空过。

爷孙呼唤交相应，享尽逍遥天赐多。

作者简介：郭彦槐，男，57岁，已退休，原在政府工作，曾在地方和国家级刊物发表过新闻、通讯、论文、杂文超百篇。退休后开始写古诗，在《达州晚报》《当代巴山文学》偶有发表。

汤学松　诗六首

小寒垂钓
天寒细雨冷风斜，湖水清幽泛碎花。
黝面渔夫哼小曲，垂纶衣湿不归家。

悯农
霜冷河冰薄雾迷，农夫掘藕出淤泥。
君尝美馔须珍爱，片片皆为汗水赍。

迎春感怀
幸入诗林识众贤，斟词析句意虔诚。
春来文苑花争媚，定展歌喉奏锦弦。

赠友人
风寒岁暮假期归，邀聚芳楼笑语蜚。
美酒频添情意暖，良缘永结岂相违？

雨中游生态湖
寒波荡漾黄芦曳，三五野凫相逐鸣。
恰遇老翁湖岸立，垂纶衣湿北风迎。

咏梅花
红梅岁暮唤新春，跃立枝头启绛唇。
待到百花争媚好，山林归隐乐为尘。

作者简介：汤学松，笔名桃源春光。江苏省泗阳县中小学高级教师，泗阳县小学语文学科带头人。武汉诗词学会会员，泗阳县诗协会员。酷爱阅读和学写古诗，把读、写当作一种生活方式，在网络诗刊发表诗歌约百首。

唐道武　诗四首

杭州苏堤漫步

西湖逢秋雨纷纷，漫步长堤看落英。

花港游客同鱼乐，柳下歌莺见人亲。

白诗吟出江南美，苏堤筑就帝都春。

我来恰遇好风景，秋枝删繁更清新。

春登贤山并饮酒

携酒登高胆亦豪，呼朋杂坐舞箸刀。

乾坤春满风雷动，山头壮饮笑语高。

人既不惧倾壶醉，天岂有胆放谁逃？

更兼美景催传盏，花风徐来拂衣袍。

平桥区新集村赏油菜花

三月菜花望无际，多谢东君唤春归。

山禽怜香频飞顾，野蜂采蜜趁花期。

田园流淌生态油，市场畅销良心蜜。

情侣想也惜春暮，村道徘徊语依依。

春游潢川县南湖公园

潢川游览数南湖，春来烟柳胜皇都。

画舫满载妇孺笑，彩壁遍镌古人书。

霞映禅寺尊释迦，雾隐教堂敬耶稣。

游人围指铁旗杆，依稀繁华忆光州。

作者简介：唐道武，河南省信阳市人，1953年出生，中文专业本科学历。毕生从事基层新闻宣传工作，退休后转向对旧体诗和茶文化的探索，有百余首小诗散见于相关媒体。出版个人作品集多种。

李为强　诗词四首

他乡思童年

天真美好属童年，快乐时光趣盎然。

远离他乡思故土，家园处处把情牵。

种菜吟诗两使然

退休定位去纷繁，种菜吟诗两使然。

改土调畦苗盛旺，施肥灌溉果蔬鲜。

躬耕垅上添情韵，愉阅田园乐趣篇。

史册民间皆有语，将锄当笔自陶潜。

夏日小园

艳阳闲照小园间，嫩绿鲜红到眼前。

韭菜洋葱争吐翠，黄瓜西柿竞新甜。

辣椒根密苗茁壮，茄子枝繁果压弯。

蝶舞蜂飞花现韵，躬耕细作乐悠然。

踏莎行·老友田园相聚

放眼田畴，芳郊披绿，沂河两岸寻幽去。田园五谷翠苗生，累累瓜果增情趣。

老友相约，深情会聚，采摘雅兴香枝捋。欢声笑语放歌喉，大厨已备餐丰裕。

作者简介：李为强，男，山东莒南人。大学学历，中华诗词学会会员、九州春诗社理事、山东诗词学会会员、山东省老干部之家诗词协会会员，山东环保基金会理事兼副秘书长，《生态文化》杂志主编。曾多次在《光明日报》《中国医药报》《人民代表报》《中国环境报》及有关报刊发表文章；诗词见于《中华诗词》《诗词百家》《诗联文化》等多家诗词杂志，多次参加全国、省、市等有关部门组织的诗词大赛、采风、笔会等活动并获奖。曾参与山东省人大常委会编委会编辑出版了《选举工作手册》；著有《穗叶集》。

李守前　诗五首

果乡农家（平水韵）

果誉驰华夏，乡村冠永嘉。

农民勤早计，家院盛桃花。

江北最美（平水韵）

江淮丽景现山东，北往南来旧寨逢。

最是桃花开盛世，美哉四月醉沂蒙。

霜降

晨蹀早步履沾霜，一路清寒菊溢香。

塘里秋莲花素紫，田畴晚稻穗金黄。

勤农早种皆完备，懒雁迟归未起程。

作物归仓秋谢幕，寒冬跃动欲开张。

小草

一年一度转枯荣，敌过雪霜和雨风。

不惯屈身低首过，只求仰面挺胸生。

柔姿不似花光艳，丽质常同春色青。

生就顽根扎遍野，历经野火更蓬勃。

蒙山奇观（平水韵）

北麓书堂傍砚泉，八仙法宝护桥沿。

蒙湖仰视青峰秀，岱崮平观碧草芊。

只道帝宫幽境好，岂知旧寨换新颜。

风光不尽东山美，唯有身临晓大千。

作者简介：李守前，网名东方劲柳，男，汉族，1964年出生，山东省临沭县人，从事会计工作三十余年。爱好文学、书法。工作之余，常以诗、词抒发感怀，记录生活之点滴。诗词、书法方面都获过奖。

余一清　诗九首

百丈崖瀑布
悬崖高百丈，瀑布烟岚朗。
溅落似银花，神潭灵水爽。

牯牛降佛光
万壑水争流，千风秀尽头。
佛光如旖旎，卵石似皮球。

皖南年味
瑞雪迎春乐，人间同雀跃。
桃符映正堂，礼炮震山壑。
美酒润亲情，盘肴溶豆藿。
儿孙尽孝恩，父老强心魄。

秋游仙寓山
点缀中秋景，飘香百野花。
神山藏古迹，雾里现灵霞。
埭石听泉韵，巅峰赋艳葩。
金风迎宾客，洁饮富硒茶。

秋浦垂钓
清河柳岸孤山叟，注目鱼钩轻放手。
路者咨询钓几多？闲人切莫开尊口。

清明祭亲
清明祭祀满眼春，雪色梨花陪翠茵。
雨淋垂柳踏山路，风摇青松拜故人。

李白曾游秋浦河

跳堰迁岩路窄弯，跋山涉水天飞燕。

穿行柳岸古休亭，汇聚银川泉涌溅。

眷恋游河念旧章，逍遥赏景增新绚。

花香鸟语挽留宾，李匠诗仙添画卷。

同学重阳相聚周年感怀

昔日深秋聚学堂，轮回岁月又重阳。

五湖有约齐欢乐，四海相逢品酒香。

忆念当年同窗伴，寄思友谊慰心房。

题诗追梦寻雅趣，共享寿辰如路长。

辛丑"三九"

岁月轮回三九冻，飘零落叶树惊寒。

诗友撰著催春暖，墨客吹箫视夏丹。

仰望天空飞燕往，遥瞧大地草枯安。

馨霜瑞雪银光照，热火香茶酒盏端。

作者简介：余一清，网名六毛，男，汉族，1954年出生，安徽省池州市石台县人，小学退休教师，中共党员，中师学历。已撰写诗词几百首。诗词网校第十期学员，湖北省武汉市诗社会员。晚年希望分享诗性及文艺生活相关，重在参与，不求回报。

吴永良　放歌春天（四首）

春早
春风一夜进农家，杨柳争相吐嫩芽。
地暖人勤红运转，欢声笑语沐朝霞。
鸭掀水碧先知暖，燕舞巢窝喜鹊喳。
沃野机耕牛马跃，人间得意绣芳华。

春欢
丽日风疏天地欢，冰融物润步春天。
枝条吐绿新芽蕊，池塘水暖波碧涟。
紫燕檐前筑新舍，南江群雁喜回迁。
山河秀丽春光美，万紫千红锦绣添。

春耕
东风浩荡唤春浓，万户千家嬉闹耕。
笑语欢歌机马跃，人勤奋进画图中。
蜂迎蝶舞春光醉，鱼跃鸭游互恋情。
沃野桑田腾瑞气，花开似锦映心胸。

春歌
晨起朝霞东日升，阳光明媚暖和融。
房前整地忙播种，屋后桃花艳芳红。
喜鹊登枝鸣翠柳，鸭鹅河里觅食虫。
花香鸟语人欢笑，田畴万顷春意浓。

作者简介：吴永良，辽宁鞍山人。1956年出生，2017年2月退休，任辽宁省鞍山市人大财经委员会主任委员。曾在鞍山市委、鞍山市人民政府、台安县人民政府、鞍山市粮食局、中国建设银行鞍山分行、鞍山银行等单位任职。爱好写作，喜欢文学创作。近年来，曾在国家、省市有关报纸杂志上发表报告文学、散文、诗歌等文学作品近百篇。

董成忠　诗词十八首

早春行

一

早练晚休闲，吟诗苦悟禅。

人生似流水，寡欲即成仙。

二

小草逢春绿，河堤泛曙烟。

晨曦云绕阁，紫燕落檐前。

三

修文三十载，悟得字生香。

感慨霜华短，无情说夕阳。

秋思

一

秋水明如镜，叶飘赛玉帆。

天凉寒气逼，游子盼乡函。

二

游鱼破明镜，危阁匿飞燕。

芦笛催征人，归心早似箭。

欢庆元宵节

舞龙耍狮鼓喧天，彩绸飘飞祈虎年。

五谷丰登风雨顺，六畜兴旺社稷安。

红男绿女昂首跳，鹤发童颜拍手赞。

天山巍峨托峰蠹，强国富民着先鞭。

冬日散步幸福公园

幸福公园寻幸福，湖边杨柳绿全无。
一隅芦荻随风倒，始解隆冬万物枯。

正月十三又来幸福公园

幸福公园气肃杀，白冰湖上戏鱼虾。
云龙宝阁迎游客，笑摘边城报喜花。

送行

秦腔一曲路三千，文友辞行意缠绵。
往事休提歌与酒，柳枝青处燕飞旋。

吾斯塘博依村杏花

一

常言无酒不成宴，我疑少杏逊春词。
粉笺三百皆佳句，白首孤身满眼诗。

二

落魄随风入暮春，田家晨起扫凋魂。
已知清早无人祭，化作残香报育恩。

三

春到酉阳如仕女，粉装桃色赛秋娘。
陶公诗句传千古，墨客圆情来八方。

乡村早春

东去西来春事繁，月陪孤寂夜灯残。
匆匆暂卧盼天晓，急急出门阴雨拦。

驻村杂感

文书叠杂夜连夜，田地春忙耘继耕。
弓月孤村无以解，满天星斗伴蛙声。

清明节遥祭双亲

日月轮回又祭亲，维家杏雨说清明。
晨风习习报恩苦，万古功名半碗羹。

早起见小园杏花

缕缕阳光初绘景，小园春杏早繁枝。

恋花粉蝶翩翩舞，酿蜜黄蜂悄悄移。

沙雅茶馆吟

一杯浓茶溢清香，一曲欢歌情飞扬。

一程远旅结知己，一生难迈是汉唐。

一笔写尽世间苦，一纸难盛抒怀章。

一去再逢是何年，一步踏出两茫茫。

春水泱泱（古风）

春水泱泱，灌我禾苗。冬麦青青，赐我口粮。春水滔滔，物我两幸。滋润百卉，我得芳馨。春水漫漫，荡我春心。浇灭烦躁，放飞诗情。春水悠悠，濯衣煮茗。坐看花开，净化心灵。春水默默，落花无情。化作春泥，浅香孕新。

作者简介：董成忠，男，中国共产党党员，汉族，祖籍甘肃岷县。新疆作家协会会员、阿克苏地区诗词协会副秘书长。

单德强　诗四首

惊蛰诵

东君抖尽冷冬尘，旭日温风遍地寻。
雁阵千行留倩影，冰河消瘦水粼粼。

惊蛰吟

蓝如洗，氧气新。雁叫声声北国天，
旭日东升惊蛰暖，山乡抖掸去冬棉。
河堤柳，草破眠。潺水浮冰白鹭翩，
旷野车鸣松垄土，酬勤天道祈丰年！

清明祭

柳头绿，鹊枝鸣，三月风来大地荣。
细雨飘，灰尘落，桃粉杏媚啼飞莺。
春阳艳，北山情，万户儿孙泪水盈。
三炷香，黄菊盛，新黄土盖祭坟茔。

二月雪

酣梦春宵，不知皓月几时凋？
犬吠鸡鸣醒，银花六瓣乱飘飘。
暖手催猫，趣浓童心雪地娇，
抱树琼花落，欢声逐步随风消。

作者简介：单德强（单志强），辽宁省葫芦岛市人。出书三本。《劳工》书稿发表在网络平台，在报刊和网络发表三百多篇（首）作品。沈阳市诗词协会会员、葫芦岛市诗词协会会员、葫芦岛作家协会会员。

何金海　诗词七首

教师节有感
粉笔一支写未来，讲台三尺书情怀。
风霜雪雨春秋过，布道传经授我才。

兰花
我养兰花四度开，凌晨蕙气入胸怀。
推窗远望南山景，古巷街区入眼来。

浦江山水
绿水青山入画笺，鱼虾白鹭舞乡梓。
老宅古树笙歌醉，小院诗书翰墨迷。
浦邑东南西北至，丰安孝义信诚实。
白云草木为谁笑，雪月风花令我痴。

致重生文友
天命之年爱渐浓，远离乡土梦初衷。
书山有路勤横纵，艺海无涯意志同。
文字结朋朋是宝，诗言论道道如虹。
此生即使难相聚，心有灵犀自达通。

元旦文化第六次之旅
山村野岭草木葱，古道苍凉满冈枫。
墨韵清风山有色，沟衔冷月地无声。
天灵两域诗情秀，古县千年画意丰。
汭水流长东逝去，月泉文脉永承中。

贺江翱和黄勤文新婚之喜

壶源上善水，顺流到大海，潮汐澎湃几轮回。爱似长天秋水，永不息。

勤文花艳飞，江翱爱意栖，俊郎慧女成佳配。祝愿早得贵子，喜上眉。

卜算子·梅江烧

得志紫荆花，失意转轮会。叶落生发自不同，就此当歌对。

通化出梅江，有酒宾朋馈。风月无边揽月怀，犹抱美人醉。

作者简介：何全海，笔名六月六，1987年8月参加工作，中国作家协会会员，现任浙江省浦江县政协副秘书长、文史委主任。出版散文集《月亮每晚都是新的》《我的乡愁》，在各级报刊发表散文、诗歌等二十余万字。获2018年中国散文年度"精锐奖"。

韩春雨 词十一首

鹤

鹤鸣,翔于雪山白云间。声传天宇,回响山原丛林沼泽中。丹顶白翼掠过,祥瑞带来无限遐想希望。从高原奔向海洋,翱翔天地间。俯瞰山川河流田野飞过,不惧沧桑轮转。鹤鸣九皋,传道九霄,自在逍遥。

立春词

江南春早,中原春晓。春风微吹草芽绿,更有喜鹊枝头叫。莫拥衾贪懒觉,春日清晨练身好。登高远眺,大地春回早。看波涛万顷,燕鸥穿空鸣叫。春风拂绿枝梢,惊蛰雷鸣,清明谷雨润春好。

梅花一弄

梅花一弄断人肠,不思量,又思量,月下花前,比翼共天长。相别楼台风更雨,人成各,雁分飞,化蝶双。蝶双,蝶双,恨满江,天若荒,地亦伤。夜雨沥沥,好似我,清泪飞扬。云雾茫茫,缺月本寻常。独倚栏杆窗外望,花落尽,露凝霜,蔓草黄。

梅花二弄

梅花二弄费思量。想卿狂,念卿狂,多少柔情,尽已化成伤,独坐西楼吟寂寞,人不在,雁空归,惹断肠。断肠,断肠,心儿凉,泪成行,夜更长。醉也醉也,醉眼里,爱恨茫茫。一别多年,从未把卿忘。来日无多归路远,回首处,月无光,鬓满霜。

梅花三弄

梅花三弄不成双。盼鸳鸯,散鸳鸯,晓月西沉,星坠夜清凉。山水茫茫归路远,秋将去,叶飘零,雁断行。断行,断行,北风狂,愁绪扬,独倚窗。横笛一曲,唱不尽,那些忧伤。花落花开,卿又在何方?痴爱如今成了错,人万里,念初情,梦断肠。

清明雨词

春雨细，江山如洗，烟雨田野远山幽。雾蒙中，百花绽放绿新浓。草青气爽人精神，怎不盼雨霖。江南梅季北清明，耕耘正此时。天地谐，人欢喜。

妙道医趣

气行风清爽，神正智明。银针妙手，通巅顶贯万里行。艾烟缭绕，药香缥缈。天人如一，气贯长虹。闲庭信步，志在星空静寂。

苍穹

思念的悲伤，撕断肝肠，悲欢离合渡秋江，呼啸江山徒奔高冈，寻遍岁月难觅迹，芳踪何方。千湖风浪，万山战场，不惧筋碎骨伤，难敌心碎情伤。当腾云踏海浪，搜遍苍穹，探尽碧泉，天地倒转。唯有丹心赤胆，燃照黑暗，浩然正气，与日月同悬。

行歌

万千风情逢风情万种，几度春秋，十里长亭。雨打芭蕉易悲秋，雁回低鸣结肠愁。推杯换盏高歌日，踏青曼舞展轻柔。兴尽乘风归去也，回眸天涯。青山处处，绿水悠悠。

江南三月

烟花三月，柳飘荷塘。树掩村庄，月桥河上。烟雨三月，笠蓑陌上。秧插口大中，秋收稻香。雨蒙山乡，梅季茫茫。伞游街巷，琴声悠扬。

望江南

烟波浩渺，青山云绕。渔舟唱晚泊小桥，黛瓦白墙青石街，荷塘叶绿花红招蜂蝶。街传琴瑟音，巷弥老酒香。行人游哉，店家忙也。夕阳晚霞农田绿，茶山叶嫩采摘传歌唱。湖庄水乡，清新飘香。

作者简介：韩春雨，72岁，1951年出生于大连。喜欢文学、历史、哲学等学科。自学中医，擅长针灸推拿。下乡时经常为同学和村民治疗伤病。闲时写点诗歌，抒发情怀也曾传诵。退休后，在为他人治疗之余暇时间，写些诗歌散文来赞美祖国，表达对社会和国家的热爱，对生活的向往。虽年龄已老，但精神要永远年轻。

邹德安　诗词五首

五律·故乡小路
横情沃野前，远眺没云天。
点竖方成景，平凹总入眠。
朝迎来往客，晚颂古今篇。
风采随烟去，高歌彩梦连。

七绝·咏桃花
穿街红语唤清晨，遥见花开未见人。
谁在窗前翻画卷，桃香占满一城春。

七律·故乡
故里三间旧土房，童年往事院中藏。
衔泥飞燕垒春色，含雨樱花带梦香。
几垄篱歌擎绿紫，一绳老井灌红黄。
至今不忘家山景，满载乡愁伴我航。

浣溪沙·踏青
绿草轻摇步作词，繁花开尽梦成诗。逢君依旧小亭西。
追影不闻蜂蝶信，踏青时伴鹭鸥啼。此情只有故人知。

行香子·米乡吟
蟋蟀弹琴，拉咕吞云。回头夏雨润新屯。米香九碗，村梦三春。忆甜同行，心同往，念同频。

家山问遍，飘香何往，愿将乡歌寄伊人。炊烟袅袅，篱院欣欣。愿醉千声，赋千曲，酒千巡。

作者简介：邹德安，吉林长春农安人，教师，黄龙诗社、长春作家协会会员，广东52诗词文社分社副社长，中国作家库会员，作品偶在报纸杂志及各媒体公众平台刊发，喜欢用诗歌和散文记录人生。

李鸿儒　诗十九首

赠友人
自大可别多那点，有时尺短寸能长。
半瓶酸醋须添满，山外高山放眼量。

想家
翠峦曲径小山村，屋破仍值万两金。
老树门前撑绿伞，难寻昔日纳凉人。

故乡的井
草勒石沿道道痕，酸甜苦辣众民心。
望天深井今犹在，不见当年打水人。

陶然醉
陶然阁里羊羔酒，杯满情深醉老乡。
兴抖花石村内事，桩桩件件总牵肠。

闹元宵
壬寅初次圆明镜，火树银花不夜天。
情侣相携梁祝比，妪翁牵手共婵娟。
二龙飞跃吉祥送，双虎腾空献富安。
歌舞高跷彩船绕，红灯绿酒蜜香丸。

我爱我家
（一）
花石崖上小村庄，柿枣红苕赛蜜糖。
鬼力削川土林立，神功凿井水流长。
三山龙椅盘仙雾，一壑清泉映碧光。
世外桃源何处有，毂城东北翠峦藏。

（二）

山东有个东阿镇，永济名桥见证多。
东望泰山升旭日，西观玉镜坠黄河。
阿胶进贡慈禧爱，酱菜香飘百姓桌。
阁老家乡人最美，文明进步谱新歌。

早晨群友问好

早晨问好隔屏会，厚谊深情不解缘。
财宝金银如粪土，功名利禄若云烟。
今生唯有平安重，来世全无富贵欢。
挑担骑驴皆快乐，笑迎茶寿享天年。

太极风

拂晓妪翁飞广场，悠扬音乐舞蹁跹。
三环套月平削剑，十字穿花下打拳。
紫燕双飞云刺扇，金鸡独立掌托天。
夕阳最美辉煌闪，强健身心享百年。

寿如天

风华正茂几十年，弹指一挥落日圆。
父母恩情深似海，儿孙孝义重如山。
升升落落由它去，去去来来任自然。
利禄功名皆粪土，清心寡欲寿如天。

人间仙境

云浓雾漫伴凉风，细雨纷纷万仞峰。
峡谷小河流碧水，石坪大院立青松。
鸳鸯嬉戏下山涧，情侣追逐上古亭。
世外桃源景色丽，身居幽境醉仙翁。

秋雨

细雨潇潇落叶飘，果蔬累累枝弯腰。
高风送爽秋凉到，低水迎怡夏热消。
雨雾苍生争吐翠，风和万物竞妖娆。
倚门赏景心宽广，莫笑须白年事高。

咏雪

败鳞残甲从天降，大地山川换靓装。

菊放迎寒姿艳展，梅开傲雪吐幽香。

青山肃立银衣裹，翠柏枝弯玉骨扬。

白絮吻别秋彩色，润出万物好时光。

祖国万岁

英雄热血染旗红，七秩风雷砥砺行。

飞凤上天寻玉兔，蛟龙潜底访神宫。

银蛇跨海千帆过，蛛网遮空万户通。

小丑跳梁何齿数，祖国崛起永兴隆。

晨练

齐集河岸沐朝阳，武艺八般样样强。

紫燕双飞猴献果，金鸡独立凤呈祥。

推窗望月刀前刺，坐马观花剑后藏。

老骥犹存千里志，强身健体献余光。

白米饭

桶里垃圾白米饭，众人血汗聚结成。

不如干脆扔金币，掷地叮当尚有声。

砸镜匣

友人赞我年轻帅，急觅妆台找美颜。

狂把镜匣砸粉碎，还回小伙俊当年。

春分

直线切球成两半，半斤八两重相同。

日神榜样光辉照，争做东君为大公。

夏至

太阳直射回归北，夏至来临昼最长。

白日梦宜今日做，黄粱米饭味甜香。

作者简介：李鸿儒，笔名谈笑。山东省济南市平阴县东阿镇花石崖村人。大学本科学历，中学高级教师。现居住在济南市槐荫区。

徐维会　诗四首

七律·西北倒春寒（通韵）

飞沙眯眼看无天，尘粉呛鼻吸气难。

热冷交替犹换季，雷鸣电闪炸人间。

沉着应对关肩膊，迅速安防避狼烟。

若问发生何许事，只缘西北倒春寒。

七律·惜春（通韵）

樱花正盛海棠开，恰似群群仙女来。

蕊朵鲜奇争斗艳，松贞翠绿永无衰。

骊山晚照妃香浴，灞柳雪飞眉剪裁。

转眼告别舒坦日，惜春将尽自徘徊。

七律·古城清明前夜（新韵）

十字街边满地圈，巨额冥币化灰烟。

老家方向留通道，祖上坟茔做位签。

父母慈祥心力尽，儿孙孝敬养天年。

摩登土气皆同理，不忘如何到世间。

七律·降雪（新韵）

苍穹广袤任飘扬，厚土无垠许储藏。

昨夜全城仍彩色，今晨满素换银装。

无心考验青松力，润物悄声保地墒。

莫道迎来一日冷，明天预报又无阳。

作者简介：徐维会，男，汉族，1946 年生，大学本科学历。1961 年 7 月入军校，1987 年 12 月转业至政法系统，2006 年退休。陕西省诗词学会会员，作品散见于多家诗刊。

耿志勇　诗六首

咏荔枝

粒粒丹红坠枝头，颗颗白玉润珠喉。

岭南荔枝好滋味，唇齿留香到深秋。

明仕田园

明仕田园荡清波，翠竹倒影碧青螺。

一行鸭放莺啼远，两岸壮歌起烟萝。

落寞

落寞冷风摇寂色，伤怀心雨浸别思。

天涯海角惆怅客，三月烟花醉眼迷。

浮生

海南四季一春栽，去与来时花盛开。

逍遥不问安年事，聚散浮生云梦台。

瘦西湖

垂杨堤岸色流苏，细柳蛮腰瘦西湖。

二十四桥笼烟雨，栖灵佛塔影若浮。

七律·踏清幽

听鸟放歌雨林间，风情还看一湖澜。

远天白絮山叠翠，近野兰蕉影婵娟。

棕榈层层披岁月，槟榔节节刻华年。

独幽信步归途去，落日晚霞隐苍然。

作者简介：耿志勇，男，64岁，1958年9月出生，河北石家庄人。1978年考入河北医科大学医学系，毕业后一直行医，副主任医师，现已退休。爱好旅游，喜欢诗词歌赋。

邢宝良　诗六首

风筝

云境展雄鹰，飞龙闹碧穹。

蓝天牵在手，腾雾也风筝。

除夕

梅艳初芳花落雪，红灯绚彩普新天。

昨抛旧历邀消夜，今晚携春入瑞年。

春梦

晚春熙雨滋乡宅，金朵情花露粉腮。

青草昨天怀上梦，醒生今日叶伸开。

春芳万家

坡径野花争奋发，田园百卉草青芽。

斜阳稍许柔情趣，千里春芳进万家。

清明

续芳折菊兴忠魄，河泽含沽祭烈英。

豪杰常扬眉上目，沧桑岁月总清明。

雀跃鸠舞

雀跃烟花舞色流，杜鹃拥岭笑斑鸠。

春风十里尤曾尽，普旺娇禾允绿洲。

一响惊雷醒此夏，香芬丝藐泻坡沟。

孤芳柔媚舒情意，碧水云天照月楼。

作者简介：邢宝良，笔名古仁，汉族，中共党员，1950年生。退休于溪市第十二中学，语文教师。

吴勇 诗五首

七绝·仲春
才有和风拂面来，晚樱业已竞相开。
雍容娇媚显时贵，蝶舞蜂萦两无猜。

七绝·赏桃花
丛密瓣浓鲜骨朵，风吹彩蝶影婆娑。
无须黛玉拎篮拾，沃土来年果满坡。

七律·江南春
时过春分昼夜更，柳芽吊绿壑沟荣。
洒辉降露千山醒，润叶滋根万物生。
野卉相偕增艳丽，候禽次第唱升平。
轻风拂面尤温厚，整拾犁耙始耪耕。

七律·致友人（坡底韵）
男儿四海俱为家，借以青春绘素华。
莫惧秋风凋碧叶，宜崇雪树绽银花。
严冬酿得群山绿，暴雨编成彩锦霞。
回首人生无抱憾，夕阳晖里品香茶。

七律·扫墓感怀
季转清明扫墓忙，寻根祭祖返家乡。
遥望天幕缅怀父，跪向坟头叫唤娘。
总待有期行孝子，终归无药治青肠。
古来家国难兼顾，唯愿双亲笑圣堂。

作者简介：吴勇，网名老牛，男，64岁，湖南凤凰籍退休中学语文高级教师。诗词楹联爱好者。2021年开始格律诗词和楹联习作。

099

邱萍　诗词十八首

登鹏城第一峰
凭高迎万壑，云淡雾从容。
艳艳花朝北，思乡意渐浓。

梦见父亲
一夜西风紧，思亲可御寒？
父慈应入梦，泪落湿衣冠。

东湖环境事件应急演练圆满成功
东湖几度行，环保体民情。
水上鸳鸯戏，枝头鸟雀鸣。
沿途思旧日，演练效初生。
楼宇山峦影，波光漾晚晴。

寒夜小聚周氏湘菜馆
寒夜周家店，良言绕耳边。
韵探湘楚味，精品岭南鲜。
阔论平生梦，座中悉少年。
他乡邀约又，更感近春烟。

听好友转发音频有感
车载老歌随我行，悠扬经典韵长绵。
他乡好友同听否？赠我音频似眼前。

环保健步行有感
秋高气爽细风扬，水绿山青似着装。
莫道深秋皆萧索，丹心守护志悠长。

立秋感怀

立秋恰遇风携雨，暑退晨昏已觉凉。

添岁何须迷旧景，且循时序着新装。

游大芬油画村

闲暇名村小逗留，云瑰日丽染层楼。

临摹写意图犹美，千百廊坊彩墨稠。

元宵怀念父亲有感

元宵春暖花千树，结彩张灯遍地诗。

日日思亲难自抑，情长语短念痴痴。

无须刻意常相忆，终有音容幕幕驰。

遥寄心声云海处，人间天上共良时。

清明·怀念父亲

细雨斜风柳若烟，清明跪拜墓碑前。

杜鹃啼血深山处，鸦雀无声草木间。

仰望云飞托寄语，回眸松翠忆慈颜。

昔时往事如潮涌，悲恸难持泪似泉。

春节感赋

红灯欲语庆新年，邻里相逢话团圆。

遥望故乡千里远，虔诚祈愿意绵绵。

记东部华侨城水质保障完善工程开工庆典

吉庆典礼聚侨城，工程护水慧民生。

经春历夏功成日，四海游人踏歌声。

鹧鸪天·东湖公园菊花展

十月东湖菊又逢，芬芳俊逸路人恭。清溪缓缓鸳鸯戏，花媚妍妍蝴蝶疯。

光璀璨，影从容。天生傲骨有谁同。银丝金蕊藏诗意，多彩常随笔墨中。

西江月·荷塘月色

月笼紫杉溢彩，风吹莲蕊飘香。一湾碧水绕荷塘，蛙鼓虫鸣欢畅。

堤岸歌声嘹亮，亭台舞蹈高昂。夜喧霓火巧添妆，宛若故乡路上。

采桑子·梧桐山毛棉杜鹃

闻言山岭花儿俏，结伴寻芳。满目新妆，秀丽春菲花海藏。

谁将彩带空中挂，疏影斜阳。衣袖盈香，游客流连拍照忙。

点绛唇·禾雀花

春暖群芳，珠帘垂挂游人慕。紫红如许，宛入桃源住。

若鸟是花，万种风情处。疑不语，意凭蝶舞。飞向幽香去。

如梦令·新丰秋景

晨起丹枫曼舞，摇曳红英似语。疑世外桃源，古镇炊烟绕处。思赋，思赋，浅唱低吟秋遇。

如梦令·同窗相聚

喜见昔时诸友，尽兴几杯青酒。醉里叹流年，欲把星云参透。知否，知否，应是情缘长久。

作者简介：邱萍，湖南株洲人，从事环境保护工作，喜爱中华诗词，涵社诗刊研究会会员，业余时间偶有习作。

汪本清 诗十二首

咏紫荆花
青草漫漫风细声，留园行至何峥嵘？
枯条谁缀桃花韵，紫艳含芳骨肉情。

春柳
柳树宛若淡绿葱，清香淡泊云雾中。
枝枝蔓蔓青萝美，嫣然一笑赋春风。

迎春花
料峭悄然绽奇葩，装点初春一枝霞。
俏影素馨情意重，黄梅赢得众人夸。

惊蛰
跟着节奏暖意行，又到一年遇温情。
春雷始鸣惊蛰虫，唤醒草木勃生机。

春雪
轻寒有兆飘瑞雪，素裹红尘心思郁。
万千回忆帧频刷，彼岸风景承岁月。

雪花
绰约新妆玉有辉，婷婷素娥雪成围。
影落空野初春冷，笑比霓裳扮羽衣。

雪掩桃花
雪映桃花分外娇，闭月羞花独宠妖。
春日野穹阳光暖，寒瑟褪去吐芬芳。

雪后故宫

紫禁春朝雪堆阶，花飞彩殿风引台。

雪艳宫中琼林色，晓来旭日映花坛。

榆叶梅

榆梅胜过美人娇，笑破春风体态娆。

粉浪千层霞落雨，红霓一片翠叠俏。

枝前魅丽争娇艳，蕊上游蝶细品尝。

几度痴迷录雅韵，恨缺妙句赞芳华。

白桦林赞

白桦躬身戍远乡，野岭荒原媚态娇。

常含夏意幽幽绿，久蓄春心隐隐香。

叶展青天承雨露，根扎沃土耐寒霜。

不如松傲站炫耀，宛若秀美着素装。

梯田美景

朝云出岫晨初醒，暮霭绿荫浪碧空。

雾气迷蒙峰壑处，清池水满彩霞虹。

蜿蜒起伏娜姿舞，阡陌纵横曲绒盈。

袅袅村烟飘野舍，稻菽梯山出丽颖。

柳湖

春和景明扰不惊，几度天光溢万顷。

烟波不动影斜蛇，碧色全无翠色深。

枝上未见风飘絮，含烟带露处处垂。

闲花野草独不匀，眉皱柳丝绣娉婷。

作者简介：汪本清，字清龙。生于1952年，1972年12月应征入伍，1984年随部队集体转业，2013年退休。爱好诗歌文化，中国诗人作家认证会员。

张玉良　词四首

丑奴儿·春

花草馨香风解意，蝴蝶翩跹，蝴蝶翩跹，好个明媚艳阳天。

水波有情衬倒影，如画一般，如画一般，杨柳吐翠嫩芽短。

江城子·消逝的爱

痴情人儿莫癫狂，不自忘，谁能帮。今生无缘，何必泪眼黄。倘若心碎谁照会，愁眉锁，卧榻上。

过眼云烟不去想，权只当，病一场。双目呆呆，须我看檩梁。休叫一宵容颜老，夜归尽，着新装。

蝶恋花·借问

半百老奴情丝断，人不尽愿，无端生波澜。毕竟胸中有遗憾，凄凄怨歌谁曾见。

冻结柔情千千万，碧水青山，鸿雁几时转。独留悲忧各占半，惨淡岁月谁共勉。

渔家傲·期盼

根根乌发已花白，时光流逝不复再。晚秋柳枝随风摆，人未歇，多少愁苦萦心怀。

闷结欲消无处排，邀得明月到家来。蚕丝未尽何必哀，莫翘首，待到春旺自安泰。

作者简介：张玉良，河北魏县人。自幼热爱文学和绘画，曾写过许多诗歌、散文、评论、短小说之类的作品，现在是《中国翰苑文学作家协会》副主席、理事。中宣盛世国际书画院会员，著名画家。部分参赛作品获一等奖和特等奖。

樊均纪　诗六首

春雨

春夜月朦胧，夜半小雨生。

小雨润小草，日出百鸟惊。

春日

春日草茸茸，青柳有鸟鸣。

篱前翠竹摇，牡丹百花拥。

春晨

旭日薄雾锁，青柳鸣鸟多。

水中春影浓，岸上花婆娑。

谷雨花

蝶共飞花舞，燕穿斜柳玩。

百花纷谢时，尚有牡丹看。

牡丹

人间奇女武则天，建都洛阳离长安。

百花争艳季季有，唯喜四月牡丹园。

牡丹颂

春雨春风春色翠，牡丹香飘家家醉。

白日花海人涌动，夜至月明不知归。

作者简介：樊均纪，毕业于西安电子科技大学。电子工业部六三二厂工程师，厂研究所机械设计师、党支部书记。后调厂党委任宣传部、组织部长，厂党办、行办主任。退休后返聘为厂清算办主任。社会兼职为洛阳市涧西区关工委执行副主任。

彭耀南　诗十四首

登黄柏山
黄菊花开百里稠，绿槐荫蔽一枝遒。
平生自诩山居士，到此如何不畅游。

纯阳山龙潭沟
满目澄波漾碧空，一泓寒玉浸枫红。
天生不是沟沟水，要做千秋太古宫。

天堂寨
江流日夜向东飞，万里归心赶夕晖。
非是故人无一事，此生元亦爱山肥。

孝感乡移民公园放风筝
一曲阳关泪满襟，楚乡举水众山阴。
谁知天上多情客，不似苍生总负心。

春日偶感
小院梨花满架香，经年风雨酿华芳。
歇心不向西园去，独倚闲窗对夕阳。

菊园
花开不似春红落，叶瘦偏逢冷雨侵。
独倚东篱闲眺晚，一枝寒艳傲霜簪。

龟峰大峡谷
一带青峰万仞余，人临溪石扮樵渔。
闲来独上松萝去，日暮云寒满地书。

嘉兴南湖有寄

岁月沧桑世事迁，感怀今日倍凄然。
当年开辟乾坤处，朝圣来寻第一船。

大榕树

经年不语无须参，如伞遮天半亩荫。
饮露餐风根入土，纳云化雨木成林。

春至茶场

风吹柳嫩早莺啼，绿水青山正放诗。
信步茶园君不在，新芽一片煮相思。

春日偶感

习习东风入我怀，云消雨霁绝尘埃。
遥看阡陌山花笑，早有春光拂面来。

老水井

手绞肩挑几代传，因闻此处是龙泉。
而今都用自来水，往事如烟梦旧年。

离校四十周年返校有寄

一

老松相向两扶疏，风雨经年忆旧庐。
一片孤云山外去，夜窗时现案头书。

二

翠柏森森护校林，青荫漫地碧苔侵。
高枝拂袖谁能识，一片烟云伴古今。

作者简介：彭耀南，网名澄谧。湖北麻城市人。诗刊子曰诗社会员，湖北中华诗词学会会员，东坡赤壁诗社会员。

查荣林　诗词六首

七绝·观马龙田园游基地
家乡三月菜花黄，蝶舞蜂飞十里香。
如织游人添雅兴，吟诗作赋赞康庄。

油菜花
阳春三月好风光，放眼花开十里香。
坝上群英描画美，人间最美闪金黄。

寻归期不遇
暮色城郊念挂谁？山重阻隔负归期。
何曾饱受乡关远，更觉三更总是痴。

咏"神十三"
华夏三雄竟太空，神舟四月铸勋功。
半年仙阙与天语，数日星辰系地匆。
开启智能行万里，漂浮寰宇伴苍穹。
科研镌刻云霄顶，驻我红旗展国风。

忆江南·赏樱花
樱花醉，有意使人求。簇簇斜枝三月闹，飘飘郊野几时休。能不画中游！

江南春·咏昆明
　云碧玉，万樽香。冬荣鸥雁闹，秋夏百花妆。人勤春早芳华艳，妖媚春城边塞光。

作者简介： 查荣林，云南马龙人，1967年出生，中共党员，中学高级教师，大学本科文化，长期担任初中语文教学和班主任工作，其论文和指导学生作文分别在国家、省、市、县级刊物发表、获奖。

王雨　诗词二十八首

五律 · 芦苇

情钟淡泊深，善与水相邻。

欲守清霜志，心将瑞雪珍。

摇头招玉月，抖袂脱风尘。

为笛秋声远，飞花祭洛神。

钓秋

人迹空山渺，霜寒落木纷。

溪幽长线钓，景秀逸怀欣。

不羡鱼和鳖，非关惰与勤。

将身尘啸外，心逐碧天云。

觅春

春天何所之，拄杖叩幽墀。

斜蔓牵衣袖，悬珠浸饰羁。

近观桃蕊醉，远赏柳烟弥。

逐蝶林深处，惊飞百鸟追。

七绝 · 暮登天门山

千级阶梯一字排，登高接力胜同侪。

等闲到得云峰上，健臂轻舒月在怀。

秋舟泛夜

横桡泛夜蜀江秋，苇絮迎风入水流。

忽忆烟花三月雨，关山雾锁裹乡愁。

雨中吟

连雨秋深水涨潮，霜风打面桂花凋。
孤帆远逝天将暮，屈指归期倚石桥。

秋叶

历经春夏沐秋霜，岁月沧桑色渐黄。
老去菁华成硕果，来年护得满庭芳。

芦花

素面朝天隐淡香，如银如雪又如霜。
迎风挥笔当空画，写首秋歌寄远方。

春分

春分草木竞花开，更有清香引蝶来。
慧眼观风挥彩袖，奇思着意出新裁。
诗魂每逐山川舞，画韵常依云雾徊。
剩得闲情斟酒醉，月光邀我梦瀛台。

避暑山中

暑气熏蒸夏意浓，为贪凉爽到山中。
抬头欲望天边月，举手分开障目桐。
渐至蹊深人迹少，犹惊野旷石榴红。
喧嚣远绝追禅去，寄梦荒村醉岭东。

暮游

一轮明月倚窗悬，向晚披风览大千。
浩浩长空云似雪，悠悠曲岸柳如烟。
行程十里群丘过，流水中分两渡连。
借得漂蓬追浪去，期逢瀛岛沐膏泉。

濯水感怀

廊桥望断柳烟残，索骥沧桑志未迁。
楚始遗风巴俗见，明兴汉治土家传。
黔江日暖云峰秀，濯水波摇月影翩。
古镇腾飞追绮梦，今将僻瘠化金田。

赞扶贫

上下同心践誓言，万千干部赴穷偏。
初衷本为民生计，一念犹将困厄牵。
巧用乡资开富路，精施善策广余钱。
孜孜八载贫根脱，啧啧群声赞舜天。

秋的惆怅

雨打芭蕉梦未晴，登山不见蜀江清。
风中落木萧萧下，谷底村烟暖暖生。
逐雁南迁心以远，悲秋无计醉魂惊。
残灯寞夜浮霜冷，几处相思共月明？

酉阳桃花源游记

交阡信步桃源雨，夏热才消菊竹凉。
晓雾萦阶茅舍陋，荷风拂面老醅香。
人来濯足蓬溪暖，犬吠催茶客饮狂。
不见落英休悔忿，垂髫案上剁鸡忙。

暮秋吟

休将韵事遣秋怀，向晚西风帘半开。
逐雁浮思心着墨，擎杯对月泪盈腮。
寒霜不悯单衣苦，荧影当惊瘦菊哀。
柳叶无声凋欲尽，芦花似雪过墙来。

贺嫦娥五号发射成功

文昌昨夜起飙风，炫目嫦娥上九穹。
玉兔愕然惊异客，吴刚欣喜献蟾宫。
千年宿梦飞天去，一代精英射箭通。
月壤拈来知奥秘，寰球有幸可分红。

自励

漫卷闲云万里风，江心漂泊一孤篷。
沉浮岂逐流波去，逆袭犹思举棹通。
不服人生输险恶，拼将血性拨荆丛。
壮怀昭日霾烟遣，寻梦常追紫气东。

寒露随想

西风又使露寒凝，逝水光阴不恤人。

昨昼刚输今夜短，桂芳渐萎菊华新。

斯山已绝蝉歌久，彼岸难逢鹤舞频。

为虑衣单终送暖，期将雁字付绒巾。

春耕

二月扬鞭催汗牛，新春生计要先谋。

耕期莫误深翻土，稼艺须知细作沟。

舍得辛勤充廪库，拼来家境上层楼。

香醇喜就菊花饮，为庆年丰一醉秋。

早梅芳·读史感怀

忆沧桑，恨多少？过往烽烟绕。东关西岭，座座边城尽荒草。总悲黎庶苦，每觉肠肝绞。历朝捐税重，民怨不堪恼。

喜今朝，春色俏。党指康庄道。南滇北海，处处荣昌展华貌。心欢歌盛世，情动催征棹。创平安，家国长美好。

蝶恋花·春归

一别经年寒又暑。斗转云开，月照秋江浦。梦里依稀皆世故。思怀总被情牵住。

北望春山花满树。阵阵香风，惹醉窗纱舞。计定休期非迟误。披星踏上归家路。

西江月·归忆

逐梦乘风别去，思亲戴月归来。故居叶下扫霜阶，小菊新开五彩。

抱子唏嘘泪热，扶娘惋叹声哀。云飞万里总牵怀，不尽波江浪海。

清平乐·霁湖春韵

湖光十里。澄澈蓝天洗。蓼叶萋萋依浪绮，柳岸轻烟袅雾。

渔叟挥钓舟中。牧童横笛芦丛。一曲情歌如诉，飘入草绿花红。

清平乐·二月山行

时光流转。雾锁寒山晚。为访清幽迷深涧，不别南村北院。

繁蕊隐在昏中。焉知白紫黄红？幸有群香入鼻，方才识得东风。

鹤冲天·共醉碧霄清月

寒流紧迫，一夜千山雪。抚得二三梅，花香冽。往事随风去，残梦老，情方彻。向远烟波阔，更增雾障，漫漫蜀途险叠。

曾经柳岸云帆别。野寺钟磬响，声悲咽。客寄他乡久，何日返，归心切。但愿忧困绝，事全身健，共醉碧霄清月。

鹊桥仙·玉壶相问

流云望断，浮思寄远，万里山川险峻。新衢古道久交通，未等得归期抵近。

愁怀融水，伊人萦梦，起盼书鸿吉讯。此情纵比月霜浓，恨只是玉壶相问。

画堂春·期逢

时光似水自匆匆。悠悠往事如风。欲寻蛛迹杳无踪，转问苍穹。

离恨长萦肺腑。思倾爱恋情浓。新醅邀月醉花丛，遂梦音容。

作者简介：王雨，四川内江人。生于1959年。大专学历。热爱诗词，现为众创诗社会员。前有多篇诗词收录于《众创雅韵》一书。

何志勇　诗四首

七律·大美人间四月天

杨柳青青笼碧烟，邀朋结友踏晴川。

牡丹绰约迎宾客，月季娇羞醉逸仙。

蝶戏蜂飞樱谷里，莺啼燕舞小桥边。

河山万里皆佳景，且唱轻歌奏凯旋。

七律·邛海印象

潋滟波光绿水柔，层林染翠近山幽。

邛池映月宾朋醉，樱谷飞花鸟语稠。

戏浪轻舟惊白鹭，扬辉落日映重楼。

川南佳景声名远，妙笔丹青绘隽流。

七律·谷雨抒怀

时逢谷雨正农忙，杜宇声声唤种粮。

撒谷插秧浇小麦，栽瓜点豆沐骄阳。

丹鹃吐蕊株株美，樱果争妍颗颗香。

芳草田园多胜景，吟诗敲句颂山乡。

七律·槐花吟

犹记当年在故乡，槐花绽放校园旁。

千枝嫩蕊随风舞，万朵银葩簇雪扬。

满树清芳招蝶戏，一团甜蜜惹蜂忙。

常思过往诸多事，美好时光最难忘。

作者简介： 何志勇，四川西昌人。中学语文高级教师，长期从事中学语文教学教研工作。喜爱古诗词，有作品散见于《四川日报》《凉山日报》《三角洲·沙地》等刊物。近百首律绝在诗词网刊发表交流。

高功 词三首

满庭芳·无争无生

一片晴空,浮云飘过,向来不会留影。吸着空气,吐纳自心平。懂辨清浊与否,看灵性、汰劣丰羹。避之远,也难躲去,吉与晦谁临。

食安维系命,淘出毒质,方可益寿。岂无须辨识,惧怕纷争?水有泥沙傍岸,只观景、必陷于坑。装聋哑,奸贼一笑,更是送心惊。

画堂春·家声

祥门福乐识三声,常听在耳休争。顽皮童子嬉翻腾,笑洒满天星。

锅碗瓢盆在奏,曲音贯餐厅。唠叨更是在乎情,吉罩家庭。

行香子·德忌摇

鸟志于天,食地之肴。莫轻蔑、牛卧棚茅。花欢在苑,树乐欢梢,草嫉清荷,任波荡,不思飘。

岁月辛熬,不给谁瞧。更无须算计阴招。时光不断,运靠行操,任风吹落,守于德,步休摇。

作者简介:高功,男,汉族,步入七旬,退休干部,定居甘肃兰州。热爱诗词,弘扬国粹。

马清万　诗四首

迎新年

暮冬五九柳芽短，梅蕊枝头抱雪眠。

谢幕丑牛归绿地，启航寅虎啸蓝天。

万家灯火照康宁，百姓安居乐舞翩。

海晏河清彰盛世，新程策马奋扬鞭。

闲寄银杏

玉树临风叶渐黄，冰封雨洗历沧桑。

昨宵万簇滴青翠，今日千枝着彩妆。

西巷雄姿融沃土，东街挺拔向斜阳。

无情岁月芳华逝，冬去春来荫八方。

垂柳舞绿鞭

春风催剪众花艳，岸柳依依舞绿鞭。

远望苍穹翔百鸟，近观江水荡清涟。

千条丝带饮晨露，万点鹅黄送暮烟。

懒与李桃争绚丽，扎根沃土炽情燃。

阳春三月

朝露柔情孕嫩芽，风携暖日育奇葩。

缤纷樱杏三江月，灿烂桃梅十里华。

闲行游蜂亲百卉，静闻鸣鸟闹枝丫。

敲词觅句好光景，春至人间尽绽花。

作者简介：马清万，68岁，原籍重庆，现居成都。1974年入伍于原成都陆军学校，历任排长指导员至县人武部政委，退役军官。近两年习作旧体诗，拙作六十余首发表于有关网络平台。

廖伟仁　诗词曲四首

五绝·春情
陌上一声雷，人间百卉开。
林中鸟鸣叫，月下赏花来。

七律·英雄壮举
三星问鼎太空舱，六月遨游日夜忙。
光富手挥机械臂，亚平课授楚留香。
英雄劲舞飞天走，大任担当翟志刚。
敢借银河环宙宇，而今世界哪家强？

潇湘夜雨·游云中走廊
足底遥红，手攀柴垛，耳边不耐清风。你拖我曳，无畏陇山中。登顶长天一跃，放眼望、媚景莲蓬。有门道，云中穿越，气势正如虹。

人生，赢况味，抓云踩雾，我欲乘风。练兵场，弯刀台炮灯笼。四十八张屠桌，盛往夕、扎寨安营。名声在，兵戎倥偬，谁是主人公？

【中吕·山坡羊】离歌（押鱼模韵）
青孤独树，花红全吐，山边百草依如故。恨春枯，恕荒芜，红颜仙侣离歌路，窈窕曾经无意取。赢，心会苦，输，情更堵。

作者简介：廖伟仁，微信名三闲，男，1956年生，湖南省隆回县人。具有"汉语言文学""国土管理与城市规划"双学历；先后在《语文教学与研究》《中学语文》《中国土地》《国土资源报》及《估价师通讯》《湖南日报》《邵阳日报》等发表纸质文稿一百二十余篇，微刊文章十余万字。

田国昌　诗三首

七律·晚春（新韵）

春光明媚艳阳天，嬉戏孩童绽笑颜。
乡野鲜花呈绚丽，和风绿叶荡悠闲。
高楼耸立城区秀，泉水湍流细浪翻。
心旷神怡无阴美，民富国强赛开元。

七律·桃花（新韵）

阳春四月绽桃花，锦绣田园景致夸。
淡淡幽香飘万里，层层美妙乐千家。
和风吹过枝头艳，细雨朦胧丽蕊葺。
浪漫迷人魂欲醉，赏心悦目恋清遐。

美丽家乡翁牛特

大漠荷花别样红，摩崖石刻忆乾隆。
蒙古王城飞穿越，杜鹃花谷觅芳踪。
玉龙沙湖英雄会，高山草原聚灯笼。
文冠花开创纪录，红山泛舟望苍穹。
松树山里寻古道，千年神井问爱情。
西拉木伦看怪柳，稻田风光入画中。
青牛白马木叶山，契丹寻祖梦回营。
龙凤呈祥翁牛特，醉游福地忘归程。

作者简介：田国昌，内蒙古人。三苏文学特邀作家、若欣·桃花源文轩著名诗人、《文林书评》全国征文"家乡美"大赛获特等奖，被其聘为带稿酬特聘作家、名篇世界头条艺术网平台总顾问。

曹坤　诗词五十七首

谷雨农家

谷雨春深雨霏霏，远山茫茫接翠微。

田鸡夜唱人方歇，布谷唤起声声催。

牵牛扶犁蓑笠佩，挥汗如雨雨中飞。

高山叱牛谷声应，群壑呼人就晨炊。

日下插秧腰难展，夕照蚕姑采桑回。

夜来小酌和身酒，两杯一饮入梦围。

感遇

人生茫茫人海潮，今生之幸幸今朝。

春色将阑春且去，风雪松柏万年傲。

仲春会友

春风放逐一路花，小室温馨胜屋华。

秋来鲈肥张郎美，夜溢豚香芮娘家。

惊蛰

北国枝未色，江南柳生烟。

夜来冬虫鸣，朝起春盎然。

乡春

阆州佳节好春光，树下莴笋胡豆秧。

重孙比舞九旬太，莺语花香入院堂。

偶遇

世间颇繁华，近觉相与错。

闹世无隐者，欲饮同月酌。

辛丑末遇友

簌簌春花落，沙沙秋木深。

茵茵阶上绿，寂寂谁来寻。

静也致高远，嚣尘能几人？

日月入窗间，肝胆照昆仑。

小雪夜饮

人生之有若虚无，青蘋之末性之初。

世间知音能遇几？伯牙弹琴于樵夫。

杯酒莫道亲兄弟，气短岂谓大丈夫。

几知管子坦荡行，鲍管之谊存千古。

谷雨遇友

谷雨之时万木春，相知缘是经事人。

世间如意几能半？不言己喜念苍生。

醉今日

一淌年光过，人生能几何，

如我与君稀，何辞千杯多。

惊蛰

北国枝未色，江南柳生烟。

夜来冬虫鸣，朝起春盎然。

赠欣梦

初识只道做酒，不意才情侧露。

一览风物相叙，妙句随言信口。

又是千里赠寄，怡人绿蚁醅酒。

修得几生前缘？复得一见如旧。

新年守岁

岁更堂屋明，梅熏醉酒人。

醒醉复举杯，相论一年情。

岁月无情过，白发似生错。

白丁谁家子？人生何蹉跎！

霜降夜会蔡哥等友

草堂高朋至，笑语入云端。

放歌霜月下，醉卧五柳前。

雨后项目小院①

骤雨降午后，山色又一新。

暮霭漫远道，长城不分明。

微风三旗动，枝颤双雀鸣。

不在喧嚣世，坐看弄菜人。

注：①项目小院在河北省怀来县航天产业园内，长城脚下。

大暑

炎炎大暑日，汗湿全身衣。

树荫黄犬喘，高柳乱蝉嘶。

凉风夜不至，辗转难安适。

高阁团扇摇，流萤燃秋意。

初春夜雨

初春夜雨发，浸润树枝芽。

催出青青草，相思满天涯。

白露行

初闻寒蝉鸣，南雁渐渐行。

晓过白露夜，月是故乡明。

感鹏总独忆

京漂十二年，佳缘耦合日。

但逢山崩裂，举世皆戚戚。

今过十四载，逝者难将息。

全网无一字，唯君独记取。

师节

昔人尊孔孟，我亦复崇之。

嬉戏度光阴，可叹年少时。

奔波于尘世，夜来有叹息。

何缘结今友？为兄诚为师。

言世

人世三万天，激情如火燃。

春秋人自有，言评谈笑观。

登高野望

潺潺凉河水，孑孑东皋亭。

斜日墟落照，孤村流水吟。

观建新大哥书法作品有感

似与二王①逢，壁上龙蛇动。

锁好云窗户，怕入云雾中。

注：①二王：王羲之、王献之。

鼓楼会友

蔷薇风起絮还翻，聚如隔海路漫漫。

有思常寄梦来去，推杯换盏情依然。

小暑

小暑渐过热气涨，赤日炎炎夏时长。

何须急雨打池荷，静室揽书人自凉。

明前飞沙

人生旦夕祸福间，沧桑变换几人全。

寒食东风柳斜斜，飞沙掩骨清明安。

秋望

临高之南望苍台，江涵秋影雁徘徊。

微风习习因人喜，寒意未必因秋来。

谷雨逢友

春去尽日柳絮风，百花渐却心事空。

昨日应节喜谷雨，今日相逢一梦中。

月色苏州

星塘交竣胆气豪，吴中夜歌酒难消。

宜必思外夜行人，浓云遮月看芳草。

中秋月夜

十四通宵淅淅声，雨后放眼万物新。

欢声笑语中秋夜，万家同叙此间情。

奇霞渐散辉渐增，三更月色正清明。

一片落叶惊坐客，千里之外有谁人？

立夏中送蔡哥南行

立夏小满恰半逢，郎去依依心似空。

欲问此去谁得见，飞燕相逢夕阳中。

处暑

炎炎暑气日渐消，一片落叶惊秋了。

自古逢秋砧声苦，几行诗情到碧霄？

赠蜜

曾家小女踏春光，蜂蝶嬉戏采蜜忙。

讨得蜂农小瓶蜜，点点心意寄君尝。

夜登鳌山

一派苍山掩方城，巍巍奎星出翠林。

千年水月通禅寂，夜夜鱼龙听梵声。

春深入蓉

花繁春深入蓉城，夜游宽窄巷子深。

迢迢青江岷江水，为问花落几时停。

小雪飘雪

封六应节大漠飘，千山茫茫人迹杳。

梦魂惯的无拘束，也踏雪花过谢桥。

喜雨洒园

蝉鸣高树日炎炎，细雨轻洒草生烟。

园区新木增新色，蒙蒙有似桃花源。

曲池水清映人美，蜂蝶嬉戏情满园。

酒醉莫怪午睡重，醒来已是星满天。

春分小聚

东风如约绿京城，百忙一闲探著春。

人生真若初次面，烟柳何处不风情？

毛哥相邀城南小聚

人间最美四月天，毛哥相邀至城南。

刘郎肴香溢天外，大抵所来应是仙。

庆虎年元旦感遇

尘世茫茫说今生，天降何缘相遇君。

无问前世无问佛，只托今生共一程。

大雪节送蔡哥出京

蔡哥出京大雪天，明朝何地醒醉眠？

尘心相守有中正，世间天道看方圆。

晚春

百花争妍春山空，暖日洋洋絮蒙蒙。

忽来一夜风兼雨，万片飞红流水中。

端午

晨采艾草集芬芳，驱扫百虫盼吉祥。

祭起飞龙入云去，瑞气东来人安康。

长相思

年少别，今日见，岁月已把两鬓换。屈指万余天。

鹤发颜，皆愕然，往事争忆杯盏乱。今宵不成眠。

长相思·庚子父亲节

说三国，话西游，绕膝曾听千故事，父在未曾忧。

人已去，物依旧，一忆往事杯盏乱，梦醒不胜愁。

长相思·中秋

昨雨住，晓风轻，长空碧透净无尘。飞霞伴日升。

佳节好，倍思亲，千里一月遥举樽。今宵桂华明。

定风波·游汉桓侯祠

千年祠堂万人观，镇定巴蜀坐阆苑。为报兄仇将星落。何急？只留美名传千年。

漫说沉稳数谢安，当时，苻坚百万群臣乱。棋落笑谈贼已破，泪落，为君不易臣更难。

鹊桥仙·七夕

天河隔望，鹊桥境胜，突兀惊雷滚滚。云遮弯月只电抹，急雨倾盆陡成困。

光阴苦短，箭漏莫催，良缘总是难成。有情常被无情错，今宵牛郎牵不成。

采桑子·辛丑春末

春尽还家清晨好，摇尾黑犬。黄莺百啭，笑声传遍内外院。

炊烟袅袅粥已就，青菜腌蒜。蒸馍鸡蛋，都上餐桌任喜欢。

满江红·建党百年

红船红烛，独照亮、东方夜暗。脚踏破，茫茫草地，雪域高原。红缨祭缚蟒苍龙，奴戟摧残黑虎鞭。问十三、漫漫征途路，谁到岸？

今无眠，星光灿。长袖舞，歌声圆。就盛景繁华，相慰告天。五洋捉鳖深万米，九天揽月银河边。再奋起、铸就共同体，越千年。

蝶恋花

忆昔春山春水畔。扣指轻摇，低偎浅呢喃。牵花照影花似面，游人只共妒眼看。

春风难度玉门关。关山草绿，只是春更短。缭乱春愁如飞絮，妆楼颙望隔千山。

醉落魄·戊戌霜降

落日烁金，高秋熏风初入弦。黄花幽香袭人面。月增霜色，清辉游子寒。

浩瀚塞上秋风起，片片落叶边城满。离骚惹得杯盏乱。扶头晨起，何时酒醒半？

大寒飞雪

飞雪催年到，时光邈邈，独立石河数野鸟，风也萧萧。

人生莫论载，岁月似刀，片片雪落谢娘桥，醉梦今宵。

踏莎行

蜀水巴山，魂牵梦绕。日游武隆三洞桥，夜赏草堂花溪诗，再拜鳌山奎星高。
雀跃相依，十指扣摇。蜜意佳期竟成恼。似觉子丑夜夜长，也恐寅卯天难晓。

如梦令

晨起登山人骤，大汗已消残酒。今是小寒日，却遇赤身老叟。冷否，冷否？
道是衣襟湿透。

诉衷情·重阳登妙峰

金光半洒妙峰山，清冽风扑面。绿黄相衬深红，江山醉天仙。
穹顶蓝，云低远，群峰乱。登临放目，茱萸遍插，兄弟何在？

卜算子

兹为藩篱故，普帝轻举兵。未若弹指灰飞意，自此损英名。
此间无义战，白骨累森森。春秋总待后生书，直为可叹人。

作者简介： 曹坤，生于1970年，四川省阆中市人，中国网络作家协会会员。一生从事市政工程建设工作。在工作之余读书写字，诗词是生命中最重要的爱好。多年来一直在业余时间进行学习和诗词创作，曾获2019年度人人文学"中国网络诗人奖"，2020年度人人文学"最佳诗词奖"，2021年度人人文学"春节诗词创作奖"。作品多发表于《人人文学》《文学百花苑》《稻田文学》《岷州文学》《西部文学》《星星》《中华辞赋》等。其作品分别入选《诗词楹联精选》《当代诗人文选》《中国诗词散文集》等。

刘兴明　诗四首

古楼观芙蓉

寺庙亭阁乌鸦，黎明清晨喧哗。

嘴角叼着毛虫，鼓眼痴想王八。

小楼阳台芙蓉，蕾心含情面东。

花瓣雨露未干，秋波狂送心酸。

寒梅傲雪挺拔，风霜雪雨不怕。

绿枝扶蓉担当，昼夜照吐芳香。

古剑春之韵

古剑女神春姿艳，肤色丽人润心间。

诸君临座酒三巡，各抒诗韵朗朗情。

晨起目收天边云，青青翠竹桃花美。

亭阁楼前松蕾含，聚欢三八艳阳天。

东去留古名

贤夫东居枇杷山，三月桃花喜眼眉。

眺望两江汽笛声，大江东去留故名。

梦香曲

寒冬醒来闻梅香，风过江面雾茫茫。

细听江面渔夫唱，独享星光望断肠。

烟圈腾云随风去，夜寐默思享鱼汤。

三杯杜康饮下肚，夜半歌声曲悠扬。

黎明扬杆空中舞，小道寒露闪银光。

作者简介： 刘兴明，男，生于1958年，中央五七艺术大学沈湘教授学生。曾任职于重庆市传染病疾控中心医院，1983年调电子工业部716厂，1986年调入《新华侨报》福建站，现在早已离休。

张承扬　诗四首

春游感怀

酥雨连天草渐肥，江河水满映春晖。
健行曲径桃花舞，静钓湖边柳絮飞。
体重寻芳常觉累，身轻览胜乐忘归。
千扶绿野多奇景，百栋琼台傍翠微。

雨后抒怀

连绵春雨涨芳塘，玉露催生蔬菜香。
钓叟鱼钩游细浪，牧童牛背卧斜阳。
嫂姑苑里采茶乐，翁妪田中播种忙。
壮累远方挣现款，勤劳奔富创辉煌。

母亲节怀念母亲

母节今临泪似泉，慈容笑貌脑中旋。
常施善举效先辈，尽付艰辛为子贤。
孱体挡风长受苦，荞糊灌肚饿多年。
再无陋室诲儿语，唯有茔前焚纸钱。

初夏游农家乐

群峰苍翠紫烟萦，结友驱车画里行。
山黛松摇黄雀叫，泉清湖漾艋舟鸣。
生姜煮鲤笋烧肉，板栗炖鸡蛋炒菁。
以往干冲荒冷处，如今客拥笑声盈。

作者简介：张承扬，男，78岁。笔名继发。毕业于复旦大学化学系，从教近20年。后提干，历任县（市）教育局、科技局和人大教工委等单位主职。退休后为延缓呆痴缠身，学习诗词，近四年来每天作一首七律。

顾建华　诗六首

冬季傍晚回家路上
日暮天寒雪未消，远村白屋炊烟飘。
行人急归步匆匆，小路弯弯月已高。

春到沙河
杨柳依依沙河旁，一片碧绿一片黄。
野鸭鸬鹚三五个，小船摇曳捕鱼忙。

深秋感怀
稀里糊涂已成翁，半头白发迎秋风。
临窗目送夕阳下，独守寒舍度余生。

观雪景有感
北国风光，令人神往。遥想当年，戎马边疆。汗洒呼伦贝尔，血染长白山上。
而今两鬓已霜，军旅如梦一场。

渡口小景
渡口歪柳映斜阳，牧羊老头嗓音亮。一曲坠子《陈三两》，随风飘散原野上。

秋景——观菊展有感
雁南飞，草枯黄，风卷河边芦絮扬。万木萧瑟叶纷落，菊花傲霜笑群芳。

作者简介： 顾建华，男，安徽界首市人，1959年出生，大专文化，系界首市财政局退休干部，安徽省书法家协会会员，界首市摄影家协会会员。

张毅　诗四首

遇少年同学

碰杯夏来早，相望华发迟。

沧桑月下影，难忘叹曲直。

仲夏赵王河

两岸垂柳飘，遥看碧玉涛。

花香鸟语飞，荷叶伴船摇。

中秋厚土赋

窗含秋潮生，天籁家园行。

花卉戏原野，孤身对月空。

人生谁可估，归鸟恋梧桐。

圆缺寻常事，厚土情浓浓。

菏泽黄河秋色

天蓝云淡绿变黄，春花秋果眨眼间。

四季更替不等人，少年一梦老叟变。

作者简介：张毅，山东曹县人，笔名"黄河月"，自幼酷爱诗词，军旅诗痴。1992年毕业于解放军信息工程大学，大学期间，有幸遇到当代著名诗人柯岩（郑州人）在学校讲课，从此结识，多次请教不弃，至此与诗词结下不解之缘，在诗词领域默默悟道、推敲、品味、追逐灵感三十多年。所创作作品，准备陆续公之于世，供诗词爱好者批评指点。

刘志明　诗九十首

鸟宿嘉林处
树冠青绿翠，城苑畅春风。

巢宿嘉林处，啾啾雀鸟腾。

霞绮春光
绮霞昏夕照，风起彩云飘。

春气满山翠，垂光上九霄。

蝉咏
万物孕风土，蝉生寄木林。

玄垂栖树干，鸣叫雅轻吟。

山墅春景
芊芊山墅苑，飒飒抚风凉。

巅涧鸣莺韵，灵峰散碎香。

元宵节
奥运元宵贺，街衢绚丽欢。

流光灯穗亮，七彩礼花悬。

壬寅元宵
礼花烟雾漫，流彩素光妍。

腾虎元宵夜，观灯盛世欢。

回波乐·母亲节感怀
仁慈老娘笑颜，儿孙见面相欢。

福田善缘母爱，常怀孝道恩源。

人日

女娲造人日，支撑撒捺连。
顶天书立地，迈步沐丰年。

五律丹霄春色吟

昏暮彤霞映，山川雾气蒙。
岂知峰岭秀，只见赤光同。
大地朦胧绿，穹空彩艳红。
牵情融鹿水，满脸抚春风。

春分

春分穹昊断云行，绽放梅心吐艳情。
明媚熙光花灿烂，阴阳相半禀坤灵。

海滩怀思

湛蓝春海凝云绮，细腻金沙散蜃霓。
雪浪涛澜天碧镜，忆思童趣傻顽皮。

迎春花

红花绽放树丛新，绿叶轻柔醉丽春。
秀映门庭迎瑞气，艳唇脉脉写徽真。

春海吟

两个黄莺鸣翠柳，横波碧水弄春柔。
岸礁杨树漾涛浪，白鹭翱翔俯瞰游。

春雨

春雨潇潇倾洒下，昊天弥漫罩轻纱。
霏霏滴落似弹曲，树冠荧灯照嫩芽。

河港崖岸雾茫茫

云烟翻滚气迷茫，河港漾波岸莽苍。
溅漫雾岚崖巘冒，回澜流水响溯滂。

梁鹿春气斜晖

霞辉闪照梁峰秀，鹿水涟漪彩艳春。
晚暮清风吹草绿，呈祥金晕瑞相云。

海中佛手螺

水花激溅涌波浪，荡漾涛澜映碧天。

海峤岩礁活物景，似佛捏垒五行山。

岩岭奇葩

隐秀奇葩岩崿长，独枝惹目艳芳开。

淑灵孕毓芬馨散，素韵流烟趣致怀。

青挺娇娆骚客赏，翠滴珍卉雅清裁。

风吹雨打丰姿曳，嘉树红花意境来。

观岩山秀景

奇石峻峭岩山立，瑞气春阳草木蕃。

碧水淙潺流入海，岚汀秀色漾涛澜。

夕阳照射瓦檐灿，绮丽辉焯翠雾帘。

古迹芳名荣万世，峰巅挂彩艳旗杆。

壬寅元宵古郡夜景

古郡街衢璀璨红，满天和气赏灯笼。

礼花七彩流光艳，悦泽斑斓闪烁中。

瑞霭荫林生意韵，青葱金翠映丹虹。

缤纷奇观催人乐，虎岁迎祥抚惠风。

九九消寒诗

腊尽轮回到九春，彩辉明映暖融心。

新年礼炮齐声贺，灯火霓虹合调琴。

且看争迎冬奥会，恰如共赛处中人。

尚舞高平凭南斗，盘亘百木渐成林。

燕归梁 · 赏莲花

浮水莲花叶翠青。朱萼绿白明。雅洁妩媚吐真情。嫩瓣瓣、粉红英。

犹如少女，蓬亭水秀，玉立影娉婷。丰姿神采沐风迎。花骨朵、梦思萦。

阮郎归 · 鸟哀鸣

穹空阴晦滚尘烟，溪云不负闲。风萧双眼耳闻间。鸟鸣双翼弹。

咕咕叫，惨哀鸾。是谁辱我颜？翱翔翅膀振山巅。还回生态园。

虞美人·威惠庙灵山游记

潺潺绿水环岑岭，雾霭蒙蒙影。涵源碧露紫泉鸣。丽刹浮香威惠、鹤峰灵。

朝曦煦色韶光映，翠麓苍茫景。绮霞西照彩云萦。梁鹿春华绚烂、圣颜情。

生查子·壬寅清明祭

清明晞光沐，青树摇播洒。花叶淅沥吟，暖煦斜风嘎。绿荑吐露妍，灼焕思亲炙。祭祀纸钱烧，哀念泪催下。

定风波·春游心境

遥望暄新云草间。行之入目露珠鲜。吐翠绿茵花开遍。放眼。崇山旧貌换新颜。

景慕魂牵圆夙愿。眷恋。光辉万物构诗篇。我把深情凝笔下。描画。葱茏大地染流年。

谒金门·盛世春夜

良夜空。鲜彩艳明花笼。倒映湖川人醉梦。涟漪声雅弄。

灯火红，欢歌颂。荧灿榭亭昂耸。闪烁漾光撩水动。和风春暖送。

水仙子·踏春吟

双边空翠路荫凉，丝缕烟云树蕙香，三阳草木光新亮。微风抚脸庞。

林涛雾散苍茫。舒荣时景，春回斗芳。逸影辉煌。

南乡子·山海奇秀

山峻秀，海柔蓝，雾岑奇峭浪潮连。挂印石峰巍耸立，横波碧，潜涌荡涛风水起。

浣溪沙·海上大礁岛观赏

绛紫飘云饶绮霞，波涛汹涌水连崖。梁峰凝雾罩薄纱。

群岛链礁涛荡漾，潮汐涨落浪喷花。峦峤大礁海琼葩。

相见欢·观赏映山红

映山红长岑峦。竞喧妍。绿野翠屏繁盛、雅林园。

金光灿，春色满。吮甘泉。花簇鲜华锦绣、醉心欢。

诉衷情令·春分万象观感

梅英连缀叶枝妍。芳林悬光环。蜜蜂花丛飞舞，携粉采撷欢。

明媚景，艳阳天。踏春玩。阴阳相半，炳灿辉煌，温润心间。

天净沙·春日夕阳

一轮日驭西颓，暖阳斜照生晖，泛绿霞雾伴随。神怡心醉，绮情清景春回。

纥那曲·翔鹰叫春

山岳宿雄鹰，奋翔涛浪鸣。俯瞻归巢绿，飞唳海岚汀。

花非花·春景

花非花，鸟非鸟。暮霭迷，韶光曜。迷蒙山岭沐春云，曜日西晖浮梦兆。

渔歌子·踏青情怀

东风淑气扇春晖，葱茏花蕊正芳菲。韶光照，鸟儿飞。行游陶醉不思归。

渔歌子·花叶吟情

飘落花蕊似黄蝶，无几残葩仰风跌。青敷曳，鸟栖歇，绿丛粉艳蜜蜂携。

捣练子·武夷山双乳峰肉桂茶

烟雾漫，缥穹空。肉桂清醇九道冲。双乳峰生香馥茗，武夷山上好茶丛。

拜新月·青林春雾

青林焕金晕，燕雀跃双翼。绿树霓雾披，露珠流光滴。

眉力湖中情

灵湖浮岛屿，盛水雾绵天。
山岳鹤栖瞰，吹风起港涟。

白鹭飞

迷茫烟雾梁峰影，白鹭飞翔呐喊鸣。
唤醒黎明迎企冀，天光秀色沐风行。

鹤飞鸣（新韵）

高峰叠岭峙巍耸，莫测风云鹤应和。
不畏浪尖腾化雾，翱翔山海唝豪歌。

观灶山云景

云涛隐约灶山漫，横雾斜烟袅绕缠。
霄岭牵情寻胜境，似如鹏鸟舞高天。

忆故土

鱼鲜谷米海滩金，沃土田园硕果吟。

遍地树林花草秀，离家游子忆乡音。

梁峰秋云美（新韵）
兰秋雾气萌山岭，列戟岩尖九九峰。
飘逸彩云光照美，缤纷日羽映流红。

龙眼（新韵）
青葱龙眼长溪岸，云雾薄纱绕树冠。
果子壳皮同干色，核心透见肉鲜甜。

梁岳一景戏台峰
梁岳青山一景致，戏笼箱盖锁痕遗。
郁葱绿树犹帷幕，峰岭风光造化奇。

余柑
余柑郁润清津好，咀嚼甘甜爽入喉。
一咬涩酸凉可口，品知真味皱眉头。

古致双榕树
古致岑山榕树翠，杈丫相系寿年长。
叶冠根干同生息，摇曳牵攀力劲强。

故乡系恋
沧澥碧波翻海汐，金沙银岸乐迷痴。
木麻黄树霞光照，茏郁遮阴系恋思。

洄溯潮汐
日彩披辉熠，山川引梦思。
旌旗连曙影，陈戟列云骑。
流水浮天镜，霞光幌漾驰。
谁知溪岸曲，逆溯浪涛时。

沧海风帆（新韵）
冥茫沧海阔，幽远逸舟迁。
汹涌波澜起，沉浮骇浪翻。
惊涛经履过，澎湃荡潮喧。
劈箭千帆发，乘风勇向前。

冬日

心房蒙昧启，昏昃缕晖光。
情海闻澎湃，悠阳映灿黄。
断霞红彩色，冬日暖穹苍。
倾泻金丝线，云涛似锦裳。

九九重阳登梁鹿看夕阳

九九重阳岑岭观，深秋碧海望无涯。
上扬清气满怀爽，吹抚金飔落叶花。
梁鹿山川相秀色，海金刚石映晖霞。
夕阳无限风光美，丽景西金入梦华。

天光秀色（新韵）

霞绮辉光天璀璨，江滨林岸似浮龙。
遐睇穹昊腾云驾，落照夕阳艳彩虹。
荡漾溪流金鹿水，迂回环抱秀梁峰。
涟漪闪耀羲轮转，赫焕风德仰物宗。

啰唝曲·好客餐宴

进尝美鲜肉，佳肴真夫鱼。
良朋滋味宴，好客聚欢愉。

河满子·故乡印记

故地九湾小港，鱼虾捞捕心痴。
杜古流连痕足，木麻黄里抓迷。
十八拐弯路道，仰瞻梁岳雄奇。

章台柳·夜观梁山鹿水情

宵月景，青风迎。鹿水梁山亮紫映。闪烁金光照岭峰，九地奇观引情境。

喜迁莺·梁峰宝珠岩观感（新韵）

重山岭，曙光升。倒影戏龙腾。露英岚雾瀚层峰，钟梵响云空。
佛刹岩，霞彩映。碧嶂青峦森挺。宝珠莲座水环缭，香霭袅清宵。

忆江南·观景梁峰一线天

昏曙日，辉映画屏连，耀晔彩霞烟雾景。岩吟离缝两崖间。云绮艳流天。

柳梢青·观赏海上九十九岛礁群（新韵）

奔涛咆哮。云飘逍遥。东风清啸。沧海蒸腾，碧波汹涌，雾绡缥缈。

九十九岛礁群，隐现影、若牛浴澡。激浪潮汐，氤氲弥漫，磅礴缭绕。

思帝乡·迎夏岛礁云（新韵）

陵云，影光浮气晕。迎夏岛潜蟠跃，漭沧雯。

雾海穹苍弥漫，波文牵醉昏。入海链群江屿，吐氤氲。

人月圆·梁峰美景母子石

相依岩石梁峰景，不倦教恭聆。天云深邃，岚烟袅雾，神貌怡宁。

山峰意境，苍穹赏鉴，母子慈行。情萦恩爱，崇衷孝义，殷切倾听。

八拍蛮·梁峰石莲花山秀景

梁岳岭峰烟雾萦。芙蕖花蕾朵亭亭。莲叶出泥姿秀净，轻云破萼绮霞迎。

潇湘神·时景牵情（新韵）

溪水鸣。溪水鸣。绿波旷野碧芳清。夏日雾云极目望，回乡心境倍牵情。

章台柳·金刚山丽影（新韵）

云飘逸。云飘逸。秀色梁峰氤氲气。碧海蒸腾曙日出。远看金刚山神秘。

捣练子·游炉飞灵刹寺

天幕下，色斑斓。玄昊飘云绿树攀。金碧红墙灵刹秀，梵音萦绕石泉间。

解红·观赏火山岛林进屿

碧海阔，巨涛泷。望林进屿浮蹈空。动魄涡旋浪花涌，溃澜荡漾响泓宏。

荷叶杯·梁岳乳峰一方情

岭嶂乳峰双挺。云影。掩天晴。远天涯尽入佳境。山景，绕心灵。

舞马词·赏梁峰鸡笼山云雾

岫岩异石峥嵘。岚烟灏气浮生。远望灵山峻秀，氤氲漫衍翻腾。

桂殿秋·观梁峰一景金刚山麓（新韵）

高麓上，绮霞腾。金刚灏气屹梁峰。湖光碧漱龙鳞影，眩曜山川衍瑞征。

梧叶儿·看梁鹿秋霞（新韵）

西坤境，浮丽精。梁鹿绮霞萦。岚烟漫，秋水情。润云凝。夕照光芒美景。

生查子·海景夕阳

蓝天艳彩云，骇浪波涛吼。海涯坠夕阳，秀色铺坤后。

斜晖落西山，岁月惊回首。望丽景清幽，邂逅潮滩走。

清平乐·梁峰鹿水秋色（新韵）

丽空云絮。突兀松森郁。梁岳秀峰生景趣。鹿水逆流岸曲。

江海环抱岑山。曙光翻闪涛澜。霞绮西晖灿烂，秋色艳彩青峦。

谒金门·观石壁岩之感（新韵）

西南麓。远看重山翠雾。流涧水声鸣壑谷。龙脊渟渊入。

遐仰峦峰鹤顾。擎露朝晖宠沐。石壁岩崖观注慕。风景一幕幕。

纥那曲·萌阳冬景

江畔灿黄栖。朔风吹叶离。赞阳熙朗日，新绿吐花枝。

望江南·咏浪涛

飞阴月，澎湃海喧嚣。腾涌碧涛翻骇浪，滓污漂物漾波潮。飞溅雪花抛。

南乡子·古郡漳浦（新韵）

梁岳上，百岩尖。亘屏碧嶂岭峰连。迎风凝雾霞辉粲。古郡县。川海绕山云彩恋。

渔歌子·游闽南井冈山（新韵）

黄透青红岭峰叠。莽莽烟雾绕岩穴。垂青史，载名节。巍峻群山写人杰。

忆江南·漳浦梁峰一景雀埔山

梁岳美，山树郁苍苍。濒海岭峰赪素景，逝川溪水粉霞光。巢穴雀声长。

天净沙·观海上火山岛礁林进屿

露月苍漭涛泷。击礁冲浪溯洪。海泳涡旋似龙。激流汹涌。荡潮澎湃飞空。

法驾导引·漳浦梁山山脉之一峰莲花峰

莲峰岭，莲峰岭，霞绮映心光。古树钩枝随景致，碧山嘉木爱羲阳。清净沁浮香。

长相思·漳浦梁岳九十九尖之一孤石峰（新韵）

梁岳峰。九九峰。沧海云烟邈渺生。孤石雾气腾。

日迁更。景熙更。变幻阴晴寒暖风。屹然山立中。

殿前欢·鹿溪冬景

鹿溪潺。海潮洄溯泛漪涟。梁峰秀色云雾漫。映媚山川。

湖蓝湛湛天。江滨畔。曲折弯环岸。微波荡漾、美景翩翩。

梧叶儿·观金浦梁鹿夜景

斑斓灿，奔骏骑。骋越古城池。梁峰景，映鹿溪。夜光移，金浦山川秀丽。

后庭花破子·古雷海岛仙娥山景观

碧空鸟吟哦。沧海激浪波。金灿沙滩美，岩墙山岛多。睡仙娥。溃澜晴晕，驱涛啸乐歌。

阮郎归·观梁鹿山川异景

双狮腾跃二尖山。云烟迷漫天。虎妖枭鸟景观连。空灵变幻间。

风呼啸，渺茫然。梁峰亘海川。东西南北耸岩峦。鹿溪涛滟涟。

柳含烟·游赵家堡看一枯木（新韵）

干枯木，好稀奇。任受疾风骤雨，空心没肺挺生息。裸身栖。却可活得真魅力。遮蔽绿丛繁密。皆言不顾脸颜皮。死无疑。

江城子·山海云烟游子情

九九梁山朗韵清，惠风行，水潺鸣。浩海穹庭，瑞霭紫烟凌。岑岭峥嵘绵亘挺，双峦列嶂，乳峰明。

渔家傲·看蓝天观海潮

蓝天映海波光耀。浪花汹涌溅礁岛。碧水翱翔鸥鹭鸟。回旋绕。同为天使逍遥叫。

荡漾澄漪颠日照。尘埃污垢皆清扫。雪卤翻腾哗沙闹。腥风啸。潮流涨落喷飞涝。

作者简介：刘志明，笔名紫藤，网名惠泽，男，60后，福建省漳浦县绥安镇人，业余诗作、诗歌爱好者，诗作发表在多个纸刊及文学网络平台，诗观：推崇自然，诗从内心。

吴传庚　诗六首

春相思

春风春雨春不长，春思春韵新篇章。

人人都言春色好，我道相思断情肠。

辞旧迎新

天地开启一犁春，又换桃符日月新。

爆竹声声辞旧岁，喜迎玉虎赠友人。

大杂院

弄堂院落怪事多，神坛灵啸耳际磋。

东边戏台幕挂彩，牧童西山赶日落。

朝闻悲泣号啼声，暮见魂游叹哀歌。

锅碗瓢盆奏交响，炊烟拂尘飘云过。

雪峰山醉·信天游

春来雪峰烟雨绿，秋回古镇菊花黄。

晚霞一抹映山顶，归雁两行入三湘。

青松空烟弥雨色，寒塘鹤影入诗行。

南岗风车云同步，车龄溪水流双江。

浩渺烟波藏棹影，朦胧雨雾黯晨光。

山舞银蛇数千里，一树梅花熬雪霜。

春种秋收

春种一日忙，秋后十担粮。

四海无闲田，山河新气象。

七夕

七月七日虹桥路，牛郎织女千缘修。

满是乌云盖弥天，几阵雷雨几多愁。

作者简介：吴传庚，湖南省溆浦县龙潭人，平时爱好文学。曾多次参加《中华经典》诗词比赛。荣获"文字书画才华艺术"精品奖。作品被宏雅阁文学平台看中，誉为田园优秀诗人。

付长利　诗词二十一首

咏竹（新韵）
山腰翠绿许尊君，四季容颜总暖春。
众里芳香卿不占，林间壮志令腾云。

垂钓（新韵）
湖平水碧岸垂纶，笠旧阳骄汗渍身。
不为尝鲜芳口味，只缘过瘾伴三春。

清明（新韵）
清明戴柳佑新生，远古留经续代风。
现世医方天下著，人间子辈九州增！

贺神舟十三号飞船载誉而归（新韵）
神舟系列铸国魂，半载殊荣溢暮春。
盛世芳名留史册，韶华不负弄潮君。

冬奥放歌（新韵）
北京奥运踏门来，举世鲜花为你开。
健儿初心捐赛场，多年汗水换金牌。

夕阳红（新韵）
骄阳晚照又一天，耄寿神清若壮年。
盛世春光怜众老，余生热血洒烟川。

老年诗友乐（新韵）
诗协伴友越一年，墨客挥毫对纸宣。
业绩高低皆话下，欢欣会聚胜千篇！

朐阳诗社周年有感

歌诗颂世悦知心，利欲抛开不为名。

有幸结识新墨客，佳音万里寄深情。

父亲情（新韵）

夜静思亲人不在，涟涟泪水满衣襟。

勤劳作伴身心苦，儿辈殷殷眷念情。

星火诗社微刊三百期赞（新韵）

微刊锻造数精英，墨客诗文万巷名。

自古骚人多傲骨，吾观港社最温馨。

喜迎中华人民共和国成立七十二周年（新韵）

金秋气爽黄花盛，稻谷飘香巨蟹知。

四面歌声萦耳畔，八方舞蹈撼神思。

祭灶（新韵）

年关祭灶正当时，社稷生灵俱乐兮。

惯看江山添锦绣，天神作美万人知。

喜迎新春（新韵）

千山万水润春天，绿柳和风吐翠鲜。

满目新装多靓丽，华夏子孙舞翩跹。

中秋赋（新韵）

玉兔平升花月夜，嫦娥广袖舞翩跹。

吴刚桂酒香天宇，入化出神赛世间。

七绝·出伏（新韵）

炎炎夏日归休处，朗朗秋天恁湛蓝。

寸草皆知时日替，人间更懂顺坤乾。

踏春（新韵）

一川细雨润山青，四野和风绿苑英。

墨客临轩吟李杜，暄妍破梦入绒衾。

飞天三杰赞（新韵）

须眉两个伴巾帼，重器一艘似箭梭。

笃定苍穹衷九郡，芸生子辈有书说。

赞女中豪杰王亚平（新韵）

云霄踏浪伴辰星，女辈飞天乃亚平。
誉满乾坤豪气爽，名传世代宇魂钦。

咏海州白虎山（新韵）

城郊啸虎卧如奔，自古文骚墨绘尊。
宋有诸公惊岭下，清留镌刻羡乾坤。
红船圣火燃东海，党部亭阁话仲昆。
惯享山君频护佑，桑麻采酿就乡村。

金字经·大圣湖

湖水明如镜，岸边草木青。花果山峰做伴行。灵，悟空真性情。《西游》亲，
港城升靓星。

西江月·咏柳

小径河滨初赏，执手漫步林间。双眸青睐柳青鲜，香吻丝绦娇脸。

好梦一冬才醒，藏金已挂湖边。春风数度百花妍，独有君姿浪漫。

作者简介：付长利，男，1956年生于江苏连云港。徐州师范学院中文系本科毕业。从事初高中语文教学工作，已退休。参编《中学古典诗词鉴赏》一书，由中国妇女出版社出版；若干篇论文发表于省部级刊物。现为连云港市诗协会员，致力于诗词楹联创作，作品散见于杂志和网络媒体。

陈玉山　诗四首

今夜有梦

年前一别手冰凉，夏梦还将春做床。
采得荷风能快递？等来月色总成霜。
步移景异难如意，人走茶凉皆是伤。
万贯家财哥尽力，何时同我晒阳光？

初夏赠诗友妙竹

似水流年雅韵求，莫将琐事挂心头。
梅兰竹菊交杯醉，画意诗情伴尔休。
初夏当知初夏好，何期富贵待金秋？
识人唯善持真理，学海无涯苦作舟。

油菜花

蒙蒙细雨放晴光，缕缕春风传菜香。
敢和黄金争色彩，织成绸缎罩青塘。
招来紫蝶翩翩舞，转去黄蜂朵朵藏。
留影璧人追逐戏，拈花一笑醉情郎。

初夏荷塘有感

芊芊月色芊芊影，剪剪荷塘剪剪风。
夏意盈盈铺草地，春音寥寥落梧桐。
攀岩岂惧石锋利？过棘何惊血染红，
一入丛林开路去，做人不可做枭雄。

作者简介： 陈玉山，笔名雪山龙儿，男，湖北省丹江口市人，北京暹华文学研究院会员，作品涉及古诗词、韵联创作，现代诗歌散文等。诗词风格：满蕴着温柔，略带着忧愁，满载着追求。

官明亮　诗八首

岭南初夏

竹摇春日去，烟罩翠微苍。

老柳穷飞絮，行人恨昼长。

漂蓬欢趣少，冗笔宿情狂。

可叹身栖处，诗怀旖旎乡。

兵缘

楚天鹰隼舞，三迤锐师行。

南北戍边处，驰年御敌声。

沙场同士卒，卸甲惜军名。

数载怜戎马，一生战友情。

夏日相思

晓看朝霞七彩浮，长思卿梦枕中留。

随风载句遥遥去，竹笛诗窗将汝酬。

白云山孟夏书所见

白云山上白云间，举手摘云云接天。

翠漫横岭幽九洞，禽啼嵌谷乐灵仙。

古人谁与缆车上，岫壑无余猎眼前。

回抱层峦波涧秀，云从无意水无闲。

岭南初夏

费手执扇闲舍囚，蚊袭雾瘴汗长流。

三城高木阴枝罩，一水烟云蒸气浮。

望月谁疑南北异，怜乡笃信两相愁。

岭南四月无凉处，梦绮海边夏境幽。

人生客

天道遥遥过客谋，人生涓露几朝浮。

花开花落循物理，月缺月圆从大猷。

亨路盈怀鸥梦誉，苦风拂岁鬓花留。

一泓静水无奢念，放意诗心笑荡舟。

引笛自娱偶成

暮笛清晖一韵中，氤氲竹影与怀同。

调更委婉悠扬送，曲转激昂顿挫融。

征客萦忧多别绪，羁旅念故从愚忠。

幸将绕指音寄远，闾舍临窗向晚风。

醉花阴·春暮

翠箔撩云香些少。骤雨生霏潦。落瓣影摇空，柳絮阑残，绕翠莺声老。

此时怅恨知多少？数载红飞闹。回首问长风，谁解时愁，云叶翩跹笑。

作者简介：官明亮，字晋玖，网名明亮，山东青岛人。青岛琅琊诗社、六旺文艺联合会、泽山诗韵学会会员，青岛西海岸新区诗词学会顾问，曾供职于军旅思想政治工作岗位和地方报业传媒。酷爱文学，笔耕不辍，许墨成诗；著有诗集《心韵》《诗蕴人生》等。

符秀光　诗十二首

山河垂泪九州悲

——沉痛悼念"杂交水稻之父"袁隆平

一声噩耗九州悲，心海波涛往事追。

天使先生下凡界，志匡黎庶铸丰碑。

凭公百姓粮仓满，助力中华逐梦飞。

无量勋功怎堪别？山河垂泪送翁归。

春游蚌埠三汊河公园

浥河在此扼清沟，二水合成一水流。

辟为公园庇湿地，春风吹得客争游。

七律·胡巷居七首

一

由来社稷贵亲民，喜看神州别贫困。

大政筹谋扶智志，中枢擘画振乡村。

霜头受遣胡家巷，花甲重归田舍人。

有幸吾生逢盛世，涓埃甘愿奉衰身。

二

夹道荫浓木两行，随风摇曳柳丝长，

鸣蝉深树说天热，绿海田家耘籽忙。

仰看苍穹云絮白，低闻红粉紫薇香。

令行中夏风光丽，任尔爱城吾爱乡。

三

红轮冉冉透林间，观日何须向泰山。

帘动开轩即风景，村居惬意似神仙。

田头阡陌对翁媪，月下幽园弄慢拳。

方士修仙有仙术，人能心远可延年。

四

亦为公署亦为家，睡眼开轩对晓霞。
乱影黉门喧学子，篷车翁媪送娇娃。
餐餐主素无多肉，日日养神偏爱茶。
自入村中识村老，相逢好与话桑麻。

五

麦青田绿菜花黄，新吐石楠胜海棠。
飞瓣追风作红雨，喧蛙隐水闹春塘。
看云絮动空呈碧，观阵欣归雁引吭。
诗著虽非桑梓地，经年已然是吾乡。

六

升帘开户朝霞入，抬眼穿林高速忙。
春日曛枝枝又绿，东风摆柳柳垂长。
轻身习舞舞幽径，孟母择邻邻学堂。
致富乡村多宝马，远贫农舍俱洋房。

七

风平绿海静悄悄，日暖南田麦秸高。
性急昂头花满穗，悠闲尚孕叶藏苞。
荒禽野宿啼幽处，喜鹊巢居唱木梢。
拳打溪边卧牛地，喉开大嗓我逍遥。

鹧鸪天·村居

日出晨光对户门，相迎顿觉长精神。狂歌跑调南田陌，练字裁诗河岸林。
习太极，看闲云。影随邀月有三人。莫言无觅清心境，十里方圆亦远尘。

钗头凤·题画回赠红颜

红酥手，茶如酒，爽心欲醉遥相守。金风起，金秋里，细语轻声，玉山神女。
喜、喜、喜！
容颜素，秋娘妒，流年似水芳如故。收无计，拂不去，旦暮萦萦，万千思绪。
忆、忆、忆！

满庭芳·春意胡巷

杨柳新帘，树莺庭燕，东风重饰村庄。两河春碧，向海水流长。一线沉沉穿境，看云路，南北梭忙。湖田绿，群芳竞艳，处处溢馨香。

车房，驱宝马，居犹别墅，台榭亭廊。惬忘归，晚风闲钓斜阳。翁媪孩童俏妇，广场集，舞动歌扬。千般景，便留人醉，题佳句辞章。

作者简介：符秀光，1962年生，怀远县委党校公务员，余闲喜爱诗词创作，作品多见于各网站及各类地方刊物。曾获第二届中华诗词大赛"诗渊堂杯"一等奖。

刘宇历　诗六首

候鸟
碧空万里白玉堆，琼树虬枝苍穹栽。

北国冰封飞南海，忽如一夜春风来。

小院的春
一夜春风万物醒，蘑菇破土媲繁星。

悠扬晨曲彻楼宇，鸟语花香满目青。

野果的遗憾
翠绿丛中千果黄，蓬莱仙境万里香。

飞身玉树诱人采，焚琴煮鹤损碧妆。

晨起
紫霞灿烂照人寰，鸟语如笙落海湾。

花蕊芬芳盈小院，春风拂面润青山。

眺望
萋萋草地嵌帐篷，重重青山拂夏风。

达瓦更扎如阆苑，凭栏远眺落日红。

一栀独秀送春归
暗香四溢两眸飞，盆景依窗独自菲。

红瘦绿肥应季候，一栀独秀送春归。

作者简介：刘宇历，笔名宇宇，女，1960年3月出生于四川省广安市，系央企退休员工，现居四川省成都市。平时喜好古诗词，曾有律诗、古风诗刊载于《巴蜀星空》。

侯跃祥　诗八首

回故乡
壬寅新春聚鹏城，阳春仲月返三晋。
两条巨龙翻碧浪，汾河七岭花香中！

长江之一
世界奇峰山壁峭，凝脂映照太阳高。
冰山似玉龙飞跃，碧绿江流湃湃滔！

长江之二
经歌漫诵山披玉，悍吠金沙醉月滔。
惬唱流川三峡笑，拦洪大坝万涓涛！

长江之三
群山碧绿翠云峰，大坝圈龙截傲汛。
慢转轮机忙发电，兰舟越跃慢提升！

长江之四
暮色朦胧到坝前，长江碧浪亮长虹。
灯光映照青龙靓，世界精工耀太空。

桃桃山
西岩圣境五桃峰，漫岭松涛百鸟鸣，
龙柱狮桩唐石桥，千年神松傲苍穹！

瞿塘峡
长江悠悠向东流，百舸慢慢向前游，
徒俏绝壁石刻现，白帝古城在前头！

都江堰

更喜岷山千里雪，化水润泽川喻田，

慧伏青龙都江堰，天府之国笑开颜！

作者简介：侯跃祥，出生于20世纪50年代，从小爱写诗歌。青年当兵的五年经历使自己的创作更上一层楼！

张思太　诗四首

春在溪头荠菜花

（一）

春在溪头荠菜花，依缠轻雾焕朝霞。
迎风窥探神仙异，俯首沉思日月差。
绿色妆容亲雨露，慈柔格调隐枝丫。
牵来浩宇精微降，四野流芳点点加。

（二）

轻风拂柳雾如纱，春在溪头荠菜花。
患得随波无憾事，欢欣适意有闲暇。
远山小聚悠然影，细水长存淡泊洼。
此处金阳盈暖气，文思漫入碗中茶。

（三）

残冬早已相辞故，我踏东郊鹦鹉步。
春在溪头荠菜花，潮连雨后飞虹路。
远山近水鸟行文，满月余霞星作赋。
玉露凭空点点生，灯光渐起频频住。

（四）

梦醒方知久别家，不曾相忘昨年华。
情如碗里龙须面，春在溪头荠菜花。
朝日无声金灿灿，大风有意白沙沙。
光阴忽觉轻轻过，只手难拘一缕霞。

作者简介：张思太，笔名一易客。安徽省安庆市太湖县人，安徽秉烛诗书画联系会会员。喜欢用平凡的诗句抒发情感，表达生活。崇尚诗情画意。

周国祥　诗三十六首

少年同学
二十载未见同学，一杯老酒尽叙旧。
踏遍全国君归乡，春夏秋冬大酒店。

五联桥头饭店
五联桥头小酒家，包厢拎满数坛酒。
萧山醉虾即生食，回忆官河捉鱼蟹。

山泉土烧酒
来去匆匆踏饭局，私藏土烧十二载。
水库山泉见底石，隐于竹林微风扑。

君笑纳
酒友呼唤言特产，跨省三江连夜驰。
携带此物君笑纳，涌泉相报诉旧恩。

萧山云石
无意闲来踏山河，一路阅尽自然风。
野味叠叠入口化，浮生唯得好味道。

云石尖山
云封雾绕尖山下，勘察茶丛石隙栽。
采得春芽请君品，嬉戏溪边泼水玩。

周家里自然村
年少夏日摸螺蛳，月落孩童未归家。
纵然暴雨骤狂风，躲在芦苇浅水边。

绍兴黄酒

生姜煮绍兴黄酒，味爽暖肚美滋滋。

昏然午枕入梦乡，醒以清风懒洋洋。

红旗村水库

山凹溪边碧悠悠，赤脚劈水浪起波。

石缝隙间小蟹藏，光滑卵石冰凉凉。

途中观夜雪

雪寒冷风吹，夜无眠茗饮。

自取白雪煮，一品乃无言。

夏之音

一地牡丹花，漫天睹彩妆。

风来踩片朵，叶摇招枝语。

青蛙人生

富贵优哉不问禅，青蛙避雨香芋伞。

自然天趣独自赏，春去秋来鸣星辰。

绍兴

欲品绍兴花雕酒，不远千里外婆家。

呼喊外孙萧山客，陪饮微醉老酒香。

茶缘问知音

图中优雅复古风，文雅脱俗鉴一目。

坐饮尘间无杂念，相望回忆踏千里。

傍晚饮茶

新茶品鉴杯杯尽，流入口腔旋齿转。

夜静难眠暴雨侵，也是无月又无星。

丽水文旅

林下幽梦日方午，文房四宝书一吨。

丽水乡村七碗茶，色香回味俱绝品！

红唇

口罩露睛余音绕，半忙半坐言几词。

淡黄茶色纯度清，待取茶具万仟堂。

次坞红旗村

幽幽小径茶叶树，曲曲折折到水库。
探望竹林寻挖笋，悠悠闲闲摘野果。

萧山编辑地方志

昔日重修地方志，二十载依旧原样。
今朝犹忆赠君书，尽是当时请君阅。
欠下恩情人已亡，君提笔墨追悔迟。
采编历史踏重访，吐纳点子唯有君。

雷阵雨

乌云冲锋速遮天，忽暗如同傍晚前。
急雨猛射途中人，落汤鸡汗味雨洗。

室雅轩

心烦意乱非静，提笔欲挥欲停。
字如其人相照，留笔名隐心迹。

一字隐万言

人格如法含使命，言出法随辞典无。
法不容情志如山，闪电逮捕监考核。

窗户外

临听风呼竹闹声，夜晚雷雨当面射。
知晓亲人未归家，途中未带一把伞。

平地一声雷

闲时笔墨诉心情，日月相伴望古今。
书海畅游闻天语，人间故事君采纳。

隐笔花解语

商会文职隐优雅，玉兰生香花解语。
堆金积玉几箱子，赠君一枚玉石雕。

海的远方是彩霞

冷雨迎风敲雨伞，君与红颜眼四目。

痴言醉酒诉相思，聆听者催泪涟涟。

隐花吐语

一牵手悦花吐辞，几回梦中忆红颜。

却言余生陪伴你，聆听哄我闻知足。

精品红叶石楠

耕植十二载，离俗郊区外。

红尘不知晓，相伴鸟飞禽。

元宵节快乐

欲赴元宵宴，时闻万象汇。

影院读隐私，千秋一同乐。

邀请桐庐游

鱼塘皆钓鱼，化雨日随愚。

梦入呆鱼竿，庭院妻望夫。

古树茶

睡足高枕自然醒，得自在心古树茶。

苗圃花木几栽培，春色呼君赏桃花。

赶赴台州

早去晚归踏台州，一花一木载异地。

左碰右撞萧山人，一省一市勿停步。

茶香泉

壶中作品茶更香，一品灵感诗百首。

一壶在手翻乾坤，自己作品自鉴阅。

肚内有诗吐不尽，岁月如诗烧青春。

荷香

出水芙蓉荷花香，身在阅愚志云外。

一尘不染洗清风，志不移藏泪不流。

隐令

山林顶尖玉玺封，卧冰雪穴闻宇宙。

隐令传令傀儡宣，秘室军师通古今。

考无字文试卷

请师指示出题目，对答如流《官经》辞。

年少官腔辞惊目，侧耳聆听请下令。

作者简介：周国祥，汉族，1978年生。笔名：天池园林。北京德诚康健医学研究院院长，中原诗词研究会名誉会长、中国诗人年度诗歌选集编辑委员会会员。曾在浙江多家报刊发表诗歌以及作品，并荣获中原诗词研究会举办的首届"中原杯"全国诗词大奖赛特等奖。自幼喜爱文字。1998年开始诗歌等文学创作。一个不被束缚的灵魂在文字中行走着。座右铭：山林顶间玉玺封，卧冰雪穴闻宇宙。

行于思　诗词十六首

卜算子·花耶人耶

一读深闺怨，再读深深念。疑是何时清照来，句句皆悲恋。
此去桃花殿，摇把桃花扇。悄问秋声谁个知，未见桃花面。

卜算子·春

春把月华邀，春种桃花树。春里相思捻作弦，弹与春风处。
春燕喜双飞，春童嬉弓弩。又是一年香满絮，惹了流云妒。

卜算子·清明祭

明日又清明，郊外亲魂驻。人面桃花春映红，绿了芭蕉树。
犹记少年时，撒娇怀中诉。满堂天真与笑声，不见君来怒。

长相思·立春

（一）

立春花，绽春花，雪柳樱桃悄吐芽。无声胜琵琶。
走天涯，戏天涯，二月春风羞赧茶。堪称一绝佳。

（二）

说立春，看立春，时有寒风来去频。冰凌叠翠茵。
鬓华新，岁华新，梅雪茶瓯寄此身。余滋清绝尘。

一剪梅·只见秋声

阵阵箫声噪小窗。梦里君妆，可乱心房？莫非秋后伴花黄。可是萧郎，真是萧郎。

抚曲千弦成旧章。今晚韶光，音律风光。谁知今晚调成双。羞煞鸳鸯，醉赋鸳鸯。

行香子·谁主风流

学术医楼，济世行头，堪回首，写了春秋。为名而备，为慕而求，任风中来，雨中去，梦中酬。

飞鸿征雁，催人白发，且而今，我主风流。豪情折减，素笔怀柔，写几分情，几分义，几分修。

鹧鸪天·清明

借把东风扫绿苔，赊壶浊酒寄余哀。轻声问过霜心处，堪是清明去又来。
花不语，泪潸开，年华似水竟谁猜。一杯借祭祖先地，再祭一杯思满腮。

鹧鸪天·思乡

自驾一行一路歌，东南西北动吟哦。思将风絮随心系，下马酒来共友喝。
悄悄话，可痴么，草原万里戏娇娥。浮生应是如云客，胡乱涂鸦莫笑哥。

鹧鸪天·春分

昨日春风拂过池，春光颠覆与春知。春将夜半撕风处，春树桃花绽几枝。留春念，念春时，且将春字赋新词。指间若有阳光浴，待我春分写作诗。

临江仙·清明祭

又是一年春色尽，清明时节哀思。瞬间犹记少年时。昔时人不在，一晃已成痴。

借缕东风翻旧历，无端心处愁姿。两行清泪断肠词。半弯新月里，再赋隔天诗。

好事近·春

我欲迎春福，不料引春争渡。未想惹春嗔怒，得春光眷顾。
今天春又来春舞，春乱了春步。春梦醒春何处，唯诗心春赋。

喝火令·戏题过年

穿上花棉裤，买来大列巴。大年三十赶回家。门口老娘垂泪，心却乐开花。
小妹端来酒，哥哥捧起茶。推杯换盏话桑麻。醉得高歌，醉得啃西瓜，醉得东摇西晃，摔个仰八叉。

山坡羊·结婚照

云山雨朵，琴鸣瑟和。人间此际全因果。看灯火，数星颗。漫将诗句情心锁，双宿双飞无不可。臣，亦是我；君，亦是我。

蝶恋花·母亲节

犹记当年十月雨，冬后春来，可把今生续。膝下横琴指上取，今天又逢母亲节。借得秋深，借得秋风语。借得流光诞一缕，突然艳了梅花句。

山坡羊·领证

君于卿左，今生相和。轻轻卜卦问香火。月媒婆，汝知否？原来姻缘早注定，修得千年枕上卧。风，祝福我；云，祝福我。

作者简介：詹建成，笔名行于思。1973年出生于福建莆田，诗词爱好者，喜欢对联，曾以网名红墙对句于各大诗词论坛群。

李印生 诗四首

赞公交司机

一踩油门便起程，哪分春夏与秋冬。
人潮涌处笛鸣脆，路况差时脚刹灵。
待客如宾皆敬语，爱车做友总真情。
文明行驶成风景，保证安全可论功。

赞环卫工人

舞铲挥笤阵阵风，长街一抹绚橘红。
出工每去迎新曙，歇脚常来伴路灯。
除秽清埃蒸盛夏，运污扫叶度寒冬。
辛劳扮靓家园美，城市文明记首功。

赞建筑工人

离乡背井惯经年，工地板房亦可安。
手上钢筋随意弄，身前砖瓦尽情搬。
精神满满披星去，汗迹斑斑戴月还。
他日功成应伫望，高楼栋栋灿云烟。

赞电力架线工人

塔架高高电缆长，翻山越涧到城乡。
几时设备凭肩背，何处荒坡用步量。
野宿随餐霜雪漫，联机放线雨风狂。
悲欢寒暑无须记，点亮千家自奋扬。

作者简介：李印生，笔名亦说。山东聊城籍，现定居西安。系中华诗词学会会员，陕西省诗词学会会员、理事。诗词作品散见于《陕西诗词》《中华诗词》《中国诗歌网》《云帆诗友》《府谷诗刊》等。有诗词集《晚风吟》问世。

赖用 诗词四首

春游罗坑水库
山水怡人畅，春风拂面柔。
恍误漓江里，原游罗库悠。

忆童年
寻踪缓步童年印，趣事许多陈酒留。
泥旮小巷虽犹在，儿伴难逢白鬓纠。

中国第一滩秋日观涛
粼粼波浪花团卷，滚滚涛声龙啸翩。
海疆万里天一色，秋意千层云半边。

琅江豪·夏夜感慨
入夜深，街道依耀灿，人车却渐疏。仰望长空，万里苍穹尽朦胧。但见云花滚滚飘，偕风为伴傲苍游。莫测天观，壮哉！比之环宇，地之万物，可谓沧海一粟，可谓宙之片云。

感叹人生，是非成败转头空，大江东去浪淘尽，不归时。富贵贫贱，成功失败，过眼烟云无奈何，争长论短何必取。活一时，快一事，人生许多虽无奈，但求潇洒走一回。比肩担道义，为爱活余生。亲朋挚友百世修，应倍珍惜凡尘缘，珍惜凡尘缘！

作者简介：赖用，笔名仁侠、别号琅江居士，男，1974年出生于滨海之城广东茂名电白。电白青山秀水，人杰地灵。有海上观日出、沙滩看夕阳的壮观美景，有驰名中外"中国第一滩"的浪漫海岸，也是"中国巾帼英雄第一人"冼太故里。大海恢宏浩瀚，在它的熏陶下，我的胸襟情怀变得豁达和豪迈。作为一名业余诗词创作爱好者，十几年来我孜孜不倦，创作诗词楹联近百首，多次在各类诗联杂志刊登发表。作品《琅江豪·夏夜感慨》在2021年全国盛世东方"韶华杯"诗词原创大赛中获得一等奖。

杨辉捷　诗五首

入云深处

入云深处结庐家，谷石泉林饮露华。

闲向南山锄薯豆，闷来东圃赏藤花。

夜听流水潺潺语，朝看浮云艳艳霞。

野鹤乘风迎密友，三杯两盏淡烟茶。

暗香疏影

层岚拥翠隐仙家，玉女凌波逐月华。

吐纳暗香灵秀气，徜徉疏影白兰花。

清风流水传琴曲，云海高山沐九霞。

梦得一回新做客，至今犹在思芳茶。

辉煌杨门

梦里鸣燕进我家，欣闻侄女入清华。

亦琪[1]巾帼杨门将，洞口三中[2]锦上花。

贤弟含辛为后辈，秋阳[3]起早伴晨霞。

可怜天下双亲爱，敬你夫妻薄酒茶。

注:

①亦琪，侄女杨亦琪。

②洞口三中，湖南省洞口县第三中学。

③秋阳，贤弟媳。

烟雨芳华

别我云深翠岭家，满程烟雨忆芳华。

经年只影萍踪客，往日红颜梦境花。

弹剑拨弦当落月，啸山吟水逐流霞。

爱骑轻策天风里，绝顶归来独煮茶。

春风十里

春风十里醉千家，牧野新农①气象华。

绿水条条垂线柳，青山处处泛桃花。

飞歌爱意甜如蜜，倩女红颜灿若霞。

待到蒙蒙烟雨后，行来陌上采油茶②。

注：

①新农，即新农村。

②油茶，一种茶树上冷冻成的新芽，肥厚可食，味鲜脆而甘甜。

作者简介：杨辉捷，笔名藕塘莫离，湖南省洞口县人。1991年加入洞口县文学艺术界联合会，1992年入伍， 2019年退出现役并开始尝试写作，现为翰苑文学作家协会理事。

白宝德　词二首

定风波·晚霞

晚霞燃烧红胜火，夕阳无限山外山。万紫千红切切来，恰似虹光人人欢。

水调歌头·西湖

胥山红日玉镜中，南国荷园在委婉。画家提笔来不及，西湖美景成画苑。

作者简介：白宝德，《当代华语文学》和《中外经典文学艺术》签约作家。中国诗歌网、羲之文化、现代名家书画网会员，曾在各个平台上发表过多部作品，在《稻田文学》上出版了多部诗词。

杜月明 诗词五首

陶然海棠花节

千株粉黛着新装，一片春心付海棠。

长袖红裙谁与舞？宽巾白帽喜而狂。

清风袅袅崇光泛，花影依依晓雾香。

蜂蝶陶然游客醉，夕阳已坠去程忘。

惜春

晓风吹梦春色遍，梁燕稳栖常相见，

四季更迭水长流，却喜江山绽新颜。

春游

风吹柳枝拂桃花，湖面微波浮老鸭，

余霞掩映一幅画，远处蛙鸣唤回家。

无题

渐远车驰不再逢，浮云飘过任西东。

桃花依旧年年笑，难觅池边柳絮踪。

浊酒千杯空对月，萦萦一梦寂寥中。

何时鸿雁南归去，冲破阴云见彩虹。

破阵子·抒怀

烟火人间常在，沧桑世道难量。万卷经书无所用，半老雄心仍欲狂。当年意气郎。

醉酒不知偃蹇，梦苏方晓彷徨。几点凄凉愁倦意，百种相思枉断肠。此情诗里藏。

作者简介：杜月明，男，1947 年 11 月生，中共党员，内蒙古土默特右旗人。1968 年参加工作，1975年毕业于包头钢铁学院冶金机械专业。高级经济师。现已退休。《经济日报》原副秘书长兼办公厅主任，后改兼任资产物资管理部主任，经济师高评委主任。2017年6月，由中央编译出版社出版的《中国道路开启全球治理新模式》一书，受到广泛好评。

贺喜明　诗二首

送友人

落日西山隐，秋风送尔行。

丝丝凉爽意，悠悠流连情。

他乡难入客，风土故乡人。

走时花落泪，冬雪盼春归。

云淡风轻

水行千里通沧海，眼望星空索穿外，

回首环视眼前景，一片秋叶一片白。

独战风车论成败，名利所困难释怀，

愿与东风共逐浪，淡泊江海从头来。

作者简介：贺喜明，男，汉族，大专毕业，续本，国企工作二十年，下岗搞工程，现加入中门集团与公司一道致力打造黄河几字湾绿色生态。

秦本云　诗十二首

咏葡萄
墨清枯叶静，寂寞曲茎殇。
若果悬珠玉，自怜藤蔓秧。
琉璃耀初旭，玛瑙染轻霜。
硕实垂廊下，螳螂咏赞香。

再游镜湖感赋
南宋陶塘始，转轮寅虎年。
红桃催烂漫，翠柳忆缠绵。
疏影湖波泛，清池春雨前。
谁邀明月美，单轨架空延。

咏梅
凌霜傲雪屹前川，造化吟哦吐笔坚。
清瘦儒风涤望眼，启人心志赋连篇。

梅竹颂
梅花报主憎浓艳，每到佳辰化淡妆。
竹叶求贤怜素影，独寻落日觅春光。

学作泼彩画感赋
云笺蘸墨笔毫泼，用韵神游彩唱歌。
境界巡天仙境觅，大千山水荡秋波。

夜听惊雷
昨听夜半春雷响，万物新生布谷忙。
待到金秋千囤满，酌杯美酒赋茶桑。

雪中拾趣

一

昨夜絮飞攒碧玉，江城冰释梦盈窗。
稚童玩雪湿衣袖，拍照诗吟墨染双。

二

侵墨淡痕春缥缈，诗情委婉韵铿锵。
冰心沐浴仙风傲，乾气坤清日月香。

五月闲吟（四首）

一

樱蕊告罄榴火染，绿畴浓蔽春圆满。
芳华逝去韵含香，四季迭交梦舟懒。

二

丛林月季栖飞鸟，花影溪边舞弋江。
今日风清新貌现，高楼遍地映眸窗。

三

蜻蜓彩画荷风艳，蛱蝶兼葭鹤影丛。
玉叶携胭描锦绣，霓裳映日饰春虹。

四

落霞到处绽花红，疏雨飘时润麦葱。
一水春光青黛色，半溪云影绿波融。

作者简介：秦本云，男，笔名晴雨。本科学历，新线铁路第二代传人。祖籍：湖北南漳。从事铁路建设四十年。诗歌、散文、小说、评论均有发表。曾在皖赣、沪杭、兰新、渝黔、广州地铁等项目任职，现退居安徽芜湖。

姚华顺　诗词十八首

劝学
莺飞草长借春光，麦绿融浆自催黄。
青出于蓝非小满，步履移越长城长。

初夏夜雨
夜雨洗净柳丝长，画岚裹风枇杷香。
凤凰山下传灯寺，梅河远影渔火扬。

别雾都
白雾锁江车水龙，满眼青绿角梅红。
山城确属非我住，悠然自乘武陵风。

"琴"声
语出燕归山海融，今古和谐品劳动。
家国豪情腾空起，天下友人念意浓。

元宵感怀
几丝俏柳拨炫频，万家灯火鼓狮臻。
小桥流水映倩影，笛箫声声韵泽民。

银杏王下感怀
千年杏王矗天穹，万木悠悠惯长风。
百年世事观迁变，天下故人乡音浓。

愿
梅呈傲骨笑雪中，缀写大地唤春红。
兰幽芬芳馥空起，福跃日月九州同。

春盼

冬雨无度洗梅开，春阳期许绿草来。

劈手解寒冬将去，牵心融炽喜心怀。

火红不夜天

火树银花不夜天，江风伴月拨琴弦。

梅点飘雪边城过，碧水秀山武陵嫣。

梅骨阑风

沉雪脊身犹怒放，傲骨铮铮何所量。

飘逸春风裹山岚，不遇草绿芳蕊尚。

继往开来

瑞雪飞舞吻梅开，借冬雨寒春随来。

待到莺飞催草长，一江春水方未艾。

迎雪同春

梅羡点红迎瑞雪，柳丝英识染长堤。

且言日月同辉驻，竞览燕飞草映奇。

卖菜翁

肩挑日月走深巷，托起天平万户香。

昂首叫吆犹剧曲，蹒跚步履话衷肠。

绿军装

绿色平添异彩装，朝阳闪烁映徽章，

融情报效铸军魂，孝义春光斗志昂。

春讯

寒堤漫步柳牙新，看水鸥游戏晓云。

画色一江添翠影，泊舟绿浪际涯清。

我与年

乾坤同舞万山红，北唱南萧颂茂功。

吟虎辞从依玉兔，人间沧海缘情浓。

树下棋翁

沙盘摆阵乐于心，退进犹如争输赢。

棋落欢呼攻卒子，相飞田野煮将军。

胸怀全局友分汉，四海忧观谈世闻。

与则无私天地间，青山欲翠夕阳明。

沁园春·川河盖

川河风光，满眼碧翠，画卷万千。望神龟万载，将军提印；绵延峰路，直向穹天。杜宇啼春，格桑花闹，恰似霓霞挂柱巅。越高盖，看金蟾求凤，芳草无言。

高原不尽春妍，引游客歌声洒满山。看鸡冠岩立，武陵鸣唱；鲁班锯齿，寻梦连篇。画意新思，断情朱氏，时过沧桑写世间。锦绣矣，似蓬莱仙阁，缥缈无边。

作者简介： 姚华顺，重庆市秀山人，早年从戎，复员后做过工人、汽车营运、挖过煤、烤过酒、经过商，从过政在秀山县石耶区工委做过专职通讯员。2006年入职重庆法治报社担任记者工作，先后到万州记者站及本报工作，2009年负责秀山记者站工作至今。有近6000篇新闻和小说、诗歌、散文在全国各大报刊发表。新闻稿件曾获过全国一、二、三等奖。

李天水　诗六首

睡梦初醒（外四首）

睡

卧床不闻窗外事，梦萦所思谁人知。

唯有周公来解释，醒后茫然依旧痴。

梦

闭目心未静，入眠思无停。

喜乐烦尤在，缘于觉未醒。

初

今朝花夕拾，眼中得先知。

回恋枝头霜，美景在此时。

醒

美梦未圆却被惊，睁眼回味几多情。

空虚楼阁不遮阳，自醉难解意分明。

幼稚

童心无邪情亦真，幼苗待哺须用心。

花芽鲜蕊勤滋润，它日芳华漫大地。

秋冬恋

细雨为寒更添冷。微风催雾霜已冰。

田间路泞枯叶白，稼禾忍冬奈求生。

稀人悠游沉思步，慢缓轻迈叹自行。

作者简介：李天水，字无知，号乡野居士，河南省焦作沁阳市人。沁阳市诗词协会会员，非物质文化遗产会会员。代表作诗集《无知集》。

姜华（森淼）　诗词四首

江畔黄昏

微雨湿青翠，暮云孤燕归。

可怜风过处，江岸柳花飞。

落红

独步寂园角，雨催花乱飞。

香残愁点径，泥掩泪沾衣。

不解飘零意，忧知迟暮机。

何悲玉颜失，怎可唤春归？

三月桃花

十里夭夭尽娇羞，春风拂得百般柔。

佳人自是随花乐，才子何妨戏笔游。

须比绛娘情独许，更如崔护意无休。

放歌同饮文君酒，未醉亦安卿解愁。

注：用了两个典故，崔护与绛娘的爱情故事，文君酒的爱情故事。

蝶恋花·游园

几树飞花悲几许？香冷风清，尽是胭脂雨。蜂蝶可知何怆楚？流连忘返难寻度。

谁立夕阳花落处。春水东流，无奈千般苦。何必年年追别绪？花开花谢随风去。

作者简介：姜华，女，汉族，江西省抚州市南丰县人。系抚州市诗词楹联学会会员、市作家协会会员、南丰县格律诗词楹联学会副秘书长、县作协会员。作品散见于《西北作家》杂志、《青年文学家》杂志、《长白山文学》杂志、《首都头条》《华中文学》《神州文学》《当代诗界》《乾元诗词》等。

宋宣明　诗十三首

五绝·情殇
世人情薄物，月影醉婆娑。
镜里成佳偶，残灯舞浴歌。

五绝·桃花源
春光天地美，醉舞水云间。
心有桃花结，韶年入碧山。

五绝·画卷
荷叶碧蓝天，芙蓉映水泉。
莺歌声入户，闻笛醉塘边。

五绝·斗艳
斜阳下浅丘，月色入高楼。
玉女醉阶树，君王解万愁。

五绝·思恋
相思何日见？此刻为情浓。
云想花容貌，春风月下逢。

五绝·优哉
我自独来往，天高大雁飞。
夜惊湖水月，山外众禽归。

五绝·渔家乐
夜半风微起，残灯醉绿波。
渔舟支舞曲，人世一高歌。

七绝·勤劳

粮农勤力耕良地，五月繁忙促种收。
男子莫言锄草苦，披星早起载歌酬。

七绝·梦

昨晚梦游千佛寺，丛林花草百禽鸣。
山弯青雀旧时蝶，夜月陪君醉酒倾。

七绝·岁月

闲卧居家安自在，无聊弄草沁心甜。
春华秋实满庭翠，百转千回醉盏添。

七绝·酷暑

赤日炎蒸蝉噪紧，树林花草半枯焦。
汗流浃背如汤煮，杯酒宽肠玉羽摇。

七绝·友邻

绿草花繁风影曳，溪声哗哗绕弯流。
四邻相对酒杯浅，百鸟争鸣苑内幽。

七绝·闻香

绿艳香浓朝友发，桃梨花尽碧瑰开。
植苗农户归何处？蝶舞蜂翩昨又来。

作者简介：宋宣明，男，1963年5月生，大专文化，中共党员，四川岳池人。1984年3月参加工作，曾任乡镇党委委员、副乡镇长，党委副书记、乡镇长，县委农工委书记、主任等职。巴黎中华文学社会员、四川省老年诗词创作研究会会员、岳池县民间文艺家协会会员、浩然书院会员。在全国十余家报纸、杂志、网络平台上发表理论文章和新闻稿件及广播文稿近千篇，绝、律诗数百首。

精选现代诗歌

如果可以

王百灵（湖北）

如果可以
请许我一段相识的时光
在最深的红尘里
有我　有你　还有漫山开遍的子规啼

如果可以
请许我一段相逢的时光
在最深的红尘里
有风　有雨　还有映遍江南的芭蕉绿

如果可以
请许我一段相爱的时光
在最深的红尘里
有兰舟　有涟漪　还有能闻到彼此的呼吸
只要光阴犹在　就有一份永恒慰藉

如果可以
请许我一段相逢的时光
在最深的红尘里
与你　不期而遇
就像洁白无瑕的月亮　依旧从老地方升起

作者简介： 王勇，湖北荆州。中华诗词学会会员、青年文学家作家理事。作品选本和入纸刊《新时代诗歌大观》《书画院传奇》《中国风》《青年文学家》《长江文学》。

月圆之夜，你不在身旁

贾川疆

月圆之夜既快乐又有些伤感
回忆起，你的温柔
燃起了，我的炽热
如那迎春花，秀长的枝条
串联着，朵朵金色的花蕾
花开之时，你却不在我身边

月圆之夜，春去春又来
花开花又落，轮回着
春、夏、秋、冬
我将思念，汇积成爱河
温情之时，你却不在我身边

月圆之夜，远离，家乡为异客
相思在，彼此心中
宁波的月儿和家乡的月儿
一样，明亮，今年的思念
却特别，浓烈而忧伤
只因你我，隔着千山万水

作者简介：贾川疆，《文学与艺术》签约作家，多幅国画作品入选"华墨翠杯""红军杯"，国画作品《曲调未弹先有情》在"华风书画精品赴日展"等全国艺术文学大赛中获优秀奖及三等奖，专业技术论文入选《建筑安全》，诗歌作品曾获"经典杯"国际华人文学大赛三等奖，《爱心人人有》入选诗刊等。并有大量文学及绘画作品散见于报刊和网络平台，现居新疆乌鲁木齐市。

百里梅溪雷声震

胡新谷

百里梅溪源头雷公尖
雷声伴随华夏文明震撼
黄帝和玄修父女过境受雷公激励
父亲顺写《内经》女儿修炼成仙
雷声在浙中大地轰鸣
五色巨龙十八凤凰起舞翩然
冠山竹山大峰门定心伫立
转轮蜜溪将军三岩掩面遥感
十万藏军洞掀起唐朝黄巢底事
八千练兵场翻出明代徐达金铠
明开国文臣之首宋濂造访
元翰林待制柳贯出迎蜘蛛洞前
铁甲山岩石铁骨铮铮
骐骥溪壑水铜琶戈戈
桐坞陡深太阳众岭隧道通了
浦江义乌金东兰溪四地捷便
轰隆隆雷声振幅日广
迷糊糊邑人惊醒普遍
梅江烧酒类贵州茅台珍贵
马涧杨梅赛闽南川北桂圆
蒋畈曹氏开启史研新程
婺州脉冲张起文旅帆船
各行各业精英鹏飞九万里

文韬武略后俊星光灿烂
雷声激活梅溪万千元素
汇入母亲河兰江奔向旷远

作者简介：胡新谷，浙师大中文系本科学历，中华诗词学会会员，中艺浙江榜书委员会秘书长，《兰溪日报》原专刊部主任。

又闻槐花香

李为强

又闻槐花香　放眼望
朵朵含苞吐芬芳
童年时光景重现
似又回故乡

儿时读书忙　在学堂
忽闻飘来阵阵香
天晴气爽槐花放
一年好时光

老师把课讲　方法广
默写背诵都用上
书声琅琅歌声扬
师情永难忘

眼下做事忙　勤思量
当年基础派用场
岁月有痕用心写
一路向前方

作者简介：李为强，男，山东莒南人。大学学历，中华诗词学会会员、中华文化旅游诗词学会副会长、中华诗人联谊会理事、九州春诗社理事、山东诗词学会会员、山东散文学会会员、山东省老干部之家诗词协会会员，山东环保基金会理事兼副秘书长，《生态文化》杂志主编，《诗词百家》杂志社终身会员、国际诗词协会会员，著有《穗叶集》。

东风柔

单德强

东风柔
东风酥手掠枝头
柳现鹅黄雁展喉

东风柔
裂土伤痕成旧愁
铁犁骏蹄竞争流

东风柔
窗开院暖杏梢稠
俏妇除尘把冷收

东风柔
岭上坡阳光照酬
羊肥牛健闪明眸

东风柔
水清声细绕桥鸥
沐浴春鸭唱小舟。

作者简介：单德强（单志强），辽宁省葫芦岛市人。出书三本。《劳工》书稿发在网络平台，在报刊和网络发表三百多篇（首）作品。沈阳市诗词协会会员、葫芦岛市诗词协会会员，葫芦岛作家协会会员。

腾飞的中国

周祥环

腾飞的中国
崭新的容颜
在地头，在田边
农民兄弟开心地笑谈
再也看不到，他们
面朝黄土背朝天的场面
工厂车间，繁忙的生产线
诠释着工业腾飞的内涵
一趟趟西去的班列，运送着
中国人民对世界的贡献
嫦娥奔月，蛟龙下潜
天宫和5G运行
东风和航母军演
振我雄风，人民心安
跨海大桥横卧海面
海底隧道水下蜿蜒
高速铁路纵横交错
"基建狂魔"名不虚传
我们期盼着，京台高速
把宝岛连接的那一天

作者简介：周祥环，男，1964年1月出生于山东省胶州市胶东街道办事处罗家村。胶州市胶东小学教师。爱好诗词，工作之余，偶有灵感，借诗词抒胸臆。作品多发布于今日头条和中国诗歌网等网络平台。在2021年近代诗人杯全国诗词评选大赛中获优秀奖，被授予"2021优秀诗词家"头衔。

老爹，老茧

张北锁

爹的手上总是结满老茧
爹的脚底更是铺着一层老茧

爹打小就没日没夜地劳作
儿时油灯下
总能看到他
手握剪刀一次次打磨
那些跟了他一辈子的老茧

爹从小不穿鞋
奶奶给做一双千层底
只有到了姑姑村口穿
一出村就夹到胳肢窝下

爹手上力气大
一百五十斤的长条石头
能在他两手间腾空翻
虎钳拧不开的水管接头他能空手松紧

老茧见证了老爹
老爹靠的就是老茧

作者简介：张北锁，男，出生于山西繁峙，1996年考入包头钢铁学院建筑工程系，毕业后主要在北京从事钢结构建造工作，参建且负责过鸟巢、首都机场T3A、汽博等重大项目。后创立北京三益安恒科贸有限公司及山西三益安恒建筑工程有限公司，为钢结构事业发展深耕开拓。也是文学、哲学、国学爱好者。

奋斗

张毅

回首失去岁月

风风雨雨

悲多喜少坎坷多

心态调整

机遇追逐

做人处世

格局赫赫

没有大树来乘凉

解困书山去求索

事业为重

务实和谐

严于律己

百炼求杰

岁月蹉跎仰天啸

壮志未酬鬓毛衰

半百还有几次搏

把酒问天累心酸

作者简介：张毅，山东曹县人，笔名黄河月，自幼酷爱诗词，军旅诗痴。1992年毕业于解放军信息工程大学，大学期间，有幸遇到当代著名诗人柯岩（郑州人）在学校讲课，从此结识，多次请教不弃，从此与诗词结下不解之缘，在诗词领域默默悟道、推敲、品味、追逐灵感三十多年。所创作作品，准备陆续公之于世，供诗词爱好者批评指点。

远方的思念

吴传庚

半夜三更悄悄起床
手扶门窗思念家乡
泪水淌过淡淡的月光
多少只雄鹰展翅飞翔
多少朵白云飘过山岗
多少回梦里数啊数
数不清的故事情长

半夜三更悄悄起床
手扶门窗思念爹娘
泪水浸湿我的脸庞
多少思念魂绕梦牵
多少个阴雨绵锦的天啊
捂不住我那心中烦乱
多少回梦里手把手儿牵
牵不住我那远方的思念
牵不住我那远方的思念

作者简介：吴传庚，湖南省溆浦县龙潭人，平时爱好文学。曾多次参加过《中华经典》诗词比赛。荣获（文字书画才华艺术）精品奖。作品被宏雅阁文学平台看中，誉为田园优秀诗人。

初夏

韩凌晓

春色荡漾

繁花斗艳

一朵朵的轻柔

已在心中安放

如丝的雨滴

抚慰着听雨的心情

清清浅浅

总在岁月的交织里

揉碎

醒着的或安睡着的

总在生活中沉淀

在静谧的夜里

放下一天的疲惫

坦然暂时心灵的停歇

清浅的时光

总有温馨的美好

深情中有你、有我

时光，不紧不慢

在无限的期盼中

浅吟低唱

心如镜清宁

夏日的清荷已入心！

作者简介：韩凌晓，出生于1972年，爱生活、爱学习、爱读书、爱思考的安静的女子。

聚会

刘柱明

少年岁月
命运的风
把我们召唤到沱阳中学
读一样的书
吃一锅饭
一千个日日夜夜
产生了兄妹般的情感
如清水出芙蓉般美丽
不带一丝污浊
也没有庸腐的涂染
像巍巍天柱山
那么长寿，挺拔
那么经得起灾难的摇撼

少年的友情是最令人怀念的
多少个夜晚
同学相会在甜蜜的梦乡
醒来后脸上还挂着欢乐的泪花
梦中人却像仙女撒的花朵
不知道散在何方
回忆沱阳这段生活
像打开一瓶芬芳浓郁的醇酒
醉得心灵都会轻轻歌唱

今日喜相聚

温旧情

诉衷肠

谈笑间

一扫幽幽相思苦

今日庆相会

敞心扉

举酒杯

阵阵笑语

声声祝愿

欢乐如潮涌冲

幸福弥漫了心田

布满沧桑的脸

像晚秋的枫林

兴奋得通红，通红

变了，变了

聚会老人

又变回沱阳少年

今聚会

相见不相识

不见当年花一样的梦幻神采

不见当年如大江东去

那股倔强不屈的朝气

浑身都是岁月撕噬的痕迹

还有几多世俗打磨的创伤

不免有秋叶瑟瑟抖动的伤感

我们老了

走出生存的竞技场

我们沐浴了一身阳光

很多人父母已经离去

儿女像出窝的小鸟

已经飞离我们身旁

风雨七十年

似一天走完

做自己喜欢做的事吧

不留新的遗憾

生活像出皮影戏

精神是操作皮影的人

热爱生活的人

不会数添了几根白发

永远走在年轻的路上

让我们按响生命的键

弹起《我们走在大路上》的音律

用那慷慨、激昂的旋律

赶走老年人对死亡的恐惧

对生活的悲观

像桑榆那样

掉在地上的叶片

都闪烁着欢乐的斑斓

作者简介：刘柱明，诗歌爱好者。中专毕业，在山西电力部门工作，已退休多年，参与两次诗歌比赛，获优秀奖两次。《聚会》是初中同学聚会时所作。

乡愁

贺喜明

树梢上的鸟飞来飞去
总以为那是因为雪地上留下了你的足迹
土房顶的炊烟时断时续
那是冷了又热饥肠辘辘的惦记

求人代笔的一封家书
多想说尽几只羔羊
几只老母鸡
不愿啰唆，更多的却是叮嘱和鼓励
懒得回音从来不是优异的成绩
留在笔端
始终是受饥受寒要钱的记忆
嘴角上省出的白面猪肉
增加了对子孙的养育
满脸雕刻的皱纹
道出你从来没有想过自己

你的牵挂没有唤醒
反哺的良知
育儿的艰辛才懂得了
你的期盼遥遥无期
儿今天不知为谁又要离家远走
才知道守候在村口的身影

是儿迟到的乡愁

作者简介：贺喜明，男，汉族，大专毕业，续本。国企工作二十年，后下岗搞工程，现加入中门集团与公司一道致力打造黄河几字湾绿色生态。

三夏之歌

贾宝香

（一）芒种节夏收

太阳公公起得这么早

大红公鸡还没叫

收割机已排好

伸展大铁爪

淘汰了几百年的镰刀

亩产千斤麦田

吞下起伏的黄色浪涛

吐出来金珠颗颗

唱着丰收的歌谣

奋进的大斗脱粒机

层层叠叠麦粒装好

地头边，满脸笑纹老汉啊

跳着挣开口袋

欣悦手舞足蹈

歌颂三农政策好

生活芝麻开花节节高

（二）芒种节夏种

田里，麦粒粒已归仓

辛勤的农民还在忙

犁耙地机麦茬

播下秋玉米，种芝麻

白豆，赤豆，黄豆

黑豆和绿豆种子良

麦茬红薯新插秧

南方稻插秧一行行

头伏萝卜二伏菜，三伏撒荞麦

红梗绿叶白花香

夏种即是秋收希望梦

秋收五谷粮芬芳

（三）芒种夏管

夏风阵阵，热浪滚滚

夏管农民，汗水透衣巾

玉米高粱，碧浪没人深

红薯地里除草人

面朝大地背朝天

尘土片片汗水浸

忍住酷热是康健身

稍微弱头发昏

看人间，谁人不以食为天

幸福靠实干

人民创造历史

真理亘古不变

作者简介：贾宝香，又名李丽丽，笔名一缕春风，沧州楹联协会会员。沧州老年文学社社员。《吕游诗界》新诗歌会员。1952年生于河北省饶县，现居河北沧州。历经曲折，工农兵学商干了个遍。中国共产党党员。喜爱读书，爱诗词和现代诗歌。

致敬生命

彭林

生命里，总有一份温情在牵挂中延续
生活中，总有一种关爱在陪伴中同行
牵挂，蕴含母亲的柔情
陪伴，承载父亲的希望
生命航程，需要志同道合的朋友
爱的港湾，需要精神家园的涵养

生命，穿越时空留下跋涉的印记
是轻柔的春雨，滋润破土的嫩芽
是诗意的秋韵，托起红叶的浪漫
是冬日的残雪，储满梅花的孤傲
生命的坚韧，胜过绝壁上的苍松翠柏
生命的顽强，媲美大漠里的铮铮胡杨
生命的神奇，点亮高原上的圣洁雪莲
生命的绽放，闪烁着日月星辰的灵光

轻轻地推开心窗，飘进第一缕阳光
品一杯茶茗，掬一捧书香
遇见清澈的灵魂，远离世俗的尘埃

致敬生命，致敬平凡中的自己
致敬生命，致敬每一种前行的力量
人生之旅，为梦而永不停歇

生命之火，为爱而燃烧正旺

作者简介：彭林，1957年生于北京，唐山长大。曾从事新闻工作，主任记者。闲暇之余，乐于阅读，爱好写作。

念秋

王岩

云满天，叶满地
秋色意浓浓
湖中水波漾漾
夕阳红红的脸蛋
倒映在水面红彤彤的一片
花草的相伴相依相偎
与柳树相守生生不息
秋天的童话里有爱的思念
点点滴滴慢慢地漫上心间
借浊酒一杯
散发对故乡的思念
窗外菊花正好
月光下的凤尾竹
格外地柔情似水
佳期如梦
忍顾鹊桥归路
月光洒在酒桌上
几只栗子几颗花果
道不尽夜有多漫长
都化作这无声的泪水

作者简介：王岩，女，现居山东青岛市。喜欢中国传统文化，喜欢古诗词，特别爱看诗词一类的书，滋润自己的精神世界！喜欢字画、中式家具，喜欢游玩名胜古迹，喜欢交有共同爱好的文友。

立秋

王廷明

本以为连日的雨
能浇灭夏的猖狂
本以为立秋的到来
能驱走夏的闷热

河流与池塘中的青蛙
依然在欢唱
树梢的知了依然在
鸣叫着夏的炽热

立秋，夏与秋在这一天交替
立秋，降临在八月的清晨或黄昏
立秋，摇曳在风吹过的树梢

在这一天
左手托着夏，右手托着秋

抛出左手清晨的夏
托起右手黄昏的秋

在夏秋交替时
挥挥手向夏不舍地告别
招招手迎来秋的凉爽秋的丰收

作者简介：王廷明，山东省蓬莱区人，蓬莱农业广播电视学校兼职教师，农艺师，2015年评蓬莱百名农村实用人才。闲暇时喜欢写随笔，发表过《过年》《远行》《水库》《槐花》《游杭州》记录农村生活的文章。

秋夜

梁建成

月光如水，洒落阳台
在这个清风送爽的静谧秋夜
风中花香，伴着虫儿细鸣
庭院树巢上的鸟儿母子，想必也入梦乡

耄耋母亲，早已上床
脸上带着笑意，发出轻微鼾声
她是否觉得，平时孤寂难熬的漫漫长夜
因今晚儿子也在屋内而睡得特香

或者，她在梦中忆起那久远的往事
同样的秋夜，同样的村庄
那个襁褓中的男婴
饱吸乳汁，带着满足，也是这样安然入睡

尘世间，亲情似海
从嗷嗷待哺到展翅高飞
巢中鸟儿和人间母子
何其相似，都一样具有永难割舍的血脉亲情

作者简介：梁建成，广东东莞市人。高级工程师、律师。自幼喜欢文学，曾取得过中山大学中文毕业证书。尤其钟情散文和诗歌，公务之余偶尔练笔。现为广东中华诗词学会会员。

北康森林步游道

冯安新

一条道晨起的游人
一条道原始的森林
走过数百次，畅想回忆过人生
没有这次的深刻
七十一岁退休职工，步游道上扫落叶
问她住在何处，林业家园小区
这是第一批神农架的开发人

香溪河的裸石上
穿红衣服的女子练习呼气
遇上好友金牛哥
房县的企业占地几百亩
来自浙江绍兴

一位老奶奶站在小平台
教自己的孙子练功
楚剧的唱腔招式
融入武汉第四镇
森林中得到传承
八月十八日早上
走过木鱼镇山边林中栈道
从镇子北边进入
到康帝大酒店结束

命名"北康森林步游道"

作者简介：冯安新，笔名白岩峰，作者系中国现代"五行新诗派"创始人，中国报界知名编辑记者，湖北省青年诗歌学会会员。

一朵莲的遐思

任天容

轻轻地你在水面舒展
如花般的笑颜
静静地你盛放在湖面
那心头的一朵莲
一朵朵一瓣瓣
淡淡的馨香在风中弥散
晚风拂过你绝美的容颜
晨露滚动在莲叶无边
月色荡漾在静湖的水面
荷塘的蛙声伴你入眠
许一个梦的清甜
摇落一片星光灿烂
夕阳的余光氤氲了
那清浅的碧水一湾
在光影的起伏之间
浮生若梦般绚烂
碧波摇曳中的清姿
多少风情无限
有谁猜到你盈盈心事
投递一笺星语心愿
你是爱的信使，传递那最美的箴言
你是落入凡尘的仙子

凌波微步在那一片水云间

作者简介：任天容，女，生于1972年，笔名蓝色幽梦，甘肃兰州人。系中华诗词学会会员，中国散文网会员特聘"高级诗人"，诗人乐园成员，中国诗歌圈官网、人人文学网签约作家诗人，《青年文学家》杂志社江苏南通分会理事。有百余篇诗文发表在《当代诗人诗选》《陇中文学苑》《诗歌圈》《作家网》《中诗网》等书刊及网络平台。2022年荣获诗人乐园文学奖。

艾里克湖

廖智平

早晨是一潭湖水
倒映谁的面庞，红柳般袅娜
老槐树迟钝地抚慰
迎入红尘俗世的戈壁玉
依然美丽

云把白杨河的水
拢进艾里克湖的诗行
然后将自己藏到，魔鬼城上空
悄悄欣赏，正在下落的夕阳

一只白鹭，贴着水面飞过
栖息于一株芦苇
凝眸光影中的鱼
思考爱与和平的真理

一只黄羊
在胡杨虬枝上，跳跃起落
为与湖泊相依相偎
从容应对未来的变局
像哨兵般探查，北面瀚海的秘密
要抵御古尔班通古特沙漠的侵袭

必须从我做起

作者简介：廖智平，女，汉族，中共党员，七师作家协会会员。十五年来扎根边疆，初心不改，先后撰写并发表诗歌、散文一百余篇，创作戏剧作品十余篇，并成功演出。

乡村的日子

张建华

春风燃起
杜鹃一树红
蛙鸣煮沸
绿秧田
犁铧深陷淤泥间
吆喝声
声嘶力竭
蓑衣水珠滴
布谷声声催
季节迟迟来

夏日炎炎
草叶软
田间地头歇荫凉
镰刀谷桶前
一片金黄
耕牛犁耙后
浑水涣新绿
薄衫汗湿
饮凉泉
日出日落勤劳作
小桥流水渡相思

秋风剪叶

落萧萧

肩上担子软

干涩尘土追跟跑

一壶浊酒

酌无语

两眼醉望

丰收仓

手茧蜕皮人消瘦

长夜鼾声

不知晓

冬来不见

霜与雪

瑟瑟寒风撩鬓发

以物易物

赶集忙

麻将纸牌消清闲

年关事事

细盘算

此起彼伏

爆竹声

日等夜等年夜饭

眼望丰盛席

未举筷子

已饱餍

也忙也闲又一年

　　作者简介：张建华，网名鬼竹子，福建省南靖县人，于福建省石狮市经营餐饮业。系福建省漳州市作协会员。作品发表于《作家》微刊。

影子

时先君

太阳把影子赐给了月亮
写满了月圆月缺，路灯赐给我的影子是
你我永远同行相伴
夜的情话，在影子里生了根
是你带着我还是我带着你
不离不弃，在路灯之下
你我走过无数岁月与风寒
我不理你，你也不理我
就这样默默相伴，在春夏秋冬里
你我从不更换相处的原点

路灯下的影子和我
在夜色中相互眷恋
带有心事的影子
策划着，某种阴谋和背叛
又总是恋恋不舍
还带有一种羞涩感
随着脚步的走动
不停地在我四周变换
像是在探测我的不安
前后左右，一长一短
忽明忽暗，相互重叠
有时只剩下一个孤单

风吹不走，雨淋不散
雪霜也掩埋不住你我相连

影子，坚守着你我不懈的信念
固守着一种热切的期盼
演绎一场岁月的艰辛和浪漫
你我的情绪和情感，是用时间和空间陪伴
不知是谁约束了昨天和今天
一切都将写进诗的韵律之间

　　作者简介：时先君，男，63岁，宿迁人，一生喜爱文学，书法，曾发表《寻觅》《废黄河你将从此醒来》《恋情》《闹春》等诗歌，散文有《故乡的井》《雨中情》《心中的太阳神》等，其中《雨中情》曾获奖。

心中的太阳

潘远翔

昨夜月光轻柔，我又看见了麦浪
仿佛又看见你纯真的十八岁
柳条编织花环套在头上，那是你的小小心事
我的左手轻轻搭在你的肩膀
右手划过天际描绘着未来的蓝图
茂密的森林，山脚下篱笆墙围着茅草屋
几块田地，冬天两三个孩子在雪地里打雪仗
老人在火炉旁悠闲地聊天，你在数着鸡鸭鹅
我戴着斗笠和披肩，在雪落的院子里劈柴
这就是我们的日子，你轻轻地靠在我的左肩
说你很喜欢我们平平淡淡的生活
更喜欢我未来的样子
转眼我们的日子像从古代走到今天
在这漫长的道路上，如今只有我一个人
背着重重的行囊走过一座座城市
农民工，这是我们千万人共有的名字
在我们身后站起无数座城市
而我能留给你的，却是一颗叫寂寞的种子
它在漫漫长夜里生根发芽，高过等待……
失眠的夜，撑起一个个遥远的黎明
今夜风吹麦浪又起，亲爱的，你在那一头可否相信
我依然在遥远的地方深情凝望

作者简介：潘远翔，笔名灯光下漫笔、山田樵夫，贵州省三都县人。2009 年毕业于贵州省内贸学校（贵州经贸学院前身），在校期间任校团委学生会副主席、紫竹诗社副社长助理、宣传部部长。作品发表于《中国乡村》《三苏文学》等。

我心依然

喻吉水

清晨
乘坐挤满了人的公交上
路过我常约会的一座桥旁
我直勾勾地注视着桥上人群过往
当车驶向前方
我依然回首不断张望
多么想看到你的身影
屈指百日未出现在"老地方"

"我懒得理你"
是对我最深的原谅
也是对我最高的褒奖
此刻，我多么想再次听到
"我懒得理你"的回响

虽说人非圣贤
我的缺点可不是缺一点两点
总是令你失望
此时，我将用心刻下"决心"二字
开一剂爱情忠诚度的
偏方
能否赢得你的原谅

公交变奏曲才不管你咋想

滚滚车轮驶向远方

回眸往事被唤醒时

眼泪已向我的脸颊流淌

我抬望晴朗的天空

隐约感受到了从远处

传回电波的声浪

此时

丘比特爱神之箭

已穿透了我的心房

作者简介：喻吉水，曾在光明日报社学习三年，后在西江艺术院文艺研学班深造八年，并任班长。早年有大量新闻报道、通讯、故事等，散见各报纸、杂志、电台。后有诗词、现代诗散见报纸、杂志，并多次参加全国性诗词大赛，获得奖项。

秋之思

韩德君

金秋走来
微凉的雨滴
淋湿了苹果树
雨中的红富士愈显圆润娇嫩
我的心已然与乱云一起
飞向了远方

我迷恋纷繁的秋天
走进美丽的五花山
让往事和枫叶一起，沙沙作响
故乡的醇香老酒，温暖我的心霏
心思里，仍有山径湾湾，林溪长长

你走进红色枫林
秋已凉意绵绵
我生出深深的思念与遐想
由衷赞美诗意荡漾的秋

我默然无语
伸手摘一片红叶送你
只是眨眼工夫
你已经远了

作者简介：韩德君，于1952年11月生于哈尔滨市，现年70周岁。1954年于哈尔滨迁至伊春市上甘岭林业局。毕业于齐齐哈尔师范大学政治专业（本科）。1991年至2001年，在区人大常委会工作。

黑眼睛的柳莺

肖文广

早晨，一只柳莺飞入屋内
许是飞累了，它落在了我的桌前

看它的模样，应该是个雏儿
纺锤形身材修长完美
黄绿色的羽毛从背部一直铺到长长的尾部
锋利的爪子牢牢地勾在桌子上
让我难以忘记的是它那双漆黑明亮的眼睛
我猜，它一定是只中国鸟
眼睛那么黑，跟我一样
我霎时间跨越物种，跟她亲近了许多

我想帮她离开，便伸手去触摸
她看着我伸手过去，一动不动
可能我们都是黑色的眼睛的缘故
多了一份亲近与信任
她感受到了我的善意。我抓住她了
小家伙在我手里
很安静，一点也不慌乱

柳莺顺利地飞走了，她是幸运的
同时，我也是幸运的
因为我们都有一双黑色的眼睛

作者简介：肖文广，男，20世纪70年代生人，广东佛山市中学高级教师。爱好文学艺术，多年笔耕不辍，擅长散文诗，创作的诗词立意新颖，接地气，重读者切身感受，属生活细节风。文风活泼富有童趣，偶有哲理。

你不欠我

大船

是的，你不欠我
如高树不欠大地
要是没有草木
大地就显得荒凉
真说你欠
你欠的，是给我一个微笑
如枫林落叶
不会忘记
还溪水一抹艳红
秋景这才醉人

山远云低天地宽
峰回路转
炊烟动枫林
一样的叶
旧年去了今又红，啊
不同的是那云烟
它是纪元前男儿一诺
说冬来红叶落尽以前
愿回来化作轻烟遮掩

作者简介：大船，自幼爱好文字、美术、摄影。长居美国，现已经退休。数十年的为稻粱谋之后，少时的追美"恶习"又出；无力背起沉重摄影器材，有时睡眼惺忪中就梦到美的人，还有美的事。于是，文字也出来了。我来的地方——中国，历朝历代都以有情人间屹立世上。为何不写下来？

水墨铅华

马地

曾经期待，曾经拥有
曾经徘徊，也有失落

春风得意马蹄归前
火树银花九天重演

寻寻觅觅，寻寻觅觅
几经辗转，几许风后

六月飞霜，二月飘雪
咏物流芳，暮色铅华

罄竹难书，恩怨情仇
盼风、盼雨、盼云彩
看破红尘，看不透的你

作者简介： 马地，男，原名马荣华，云南墨江联珠镇人。热爱诗歌、文学。

期待

郭发平

自从有一天命运之神牵来一种缘分
在苍茫的大地上生根发芽
那种怦然心动的花儿就一直魂牵梦绕着
踏着大地与春夏秋冬相伴
翻山越岭与日月星辰同行
似乎那场美梦犹在眼前
不知过去了多少平凡的岁月
唯有那不平凡的相识使人浮想联翩

恨不得插上双翅像鸟儿一样飞过去
一睹那昔日的风华绝代
唱着歌儿舞动着身躯
撒着彩花吹响萨克斯
好似过节一样的隆重精彩
喝着醉人的美酒　享用着最好的美味
让动情的听觉享用着天下最华美的乐章

让浪漫的梦幻从头再来
踏着春天圆舞曲的节奏
伴着秋末浓浓火红的枫叶
带着真挚的诗情飘向远方
急切走进心里期待已久的花园
那里有令人神往的美丽风光

那里有使人心醉的翠鸟之歌

那里有千年一遇的绝妙风情

作者简介：郭发平，网名文明使者，安徽巢湖人。国家一级美术师，美国全国水彩画协会（NWS）会员，CCTV央视频道签约艺术家，省文艺评论家协会会员。水彩画《阳光下的女士》在国际艺术大展肖像画比赛中获荣誉奖，诗歌作品《我从远古走来（外二首）》在第二届"蝶恋花杯"国际华人文学大赛中获二等奖。

给秋天画上句号

陈建才

童年青春难以接受庄严
如何意识秋天
城市逍遥自在
少有觉悟秋天老茧
矗立云天高楼大厦
才是瘦地赐予生命
来自恒久缄默的泥土
庄稼籽粒在汗水里浸泡
闪耀城市乡村辉煌

天真到庄严之间走过磨炼和喧嚣
顺从时光训诫
叶子每次离开树
接受风吹雨打放下不甘和戒备之心
和四季打交道，遵从自然召唤
方可醒悟万物生命程序
成熟秋之味道
收获在秋天画上圆满句号

作者简介：陈建才，男，生于1962年，彝族，高中学历，贵州咸宁人。爱好文学创作，凤凰诗社诗人，青年文学家理事，部分作品在网络媒体上发表。

雾

陈辉询

坐在驾驶窗
窗外的雾，压低了远处的山峦
近在咫尺
却无法辨认模糊的事物

车上那么艰难
下车你在远方
驱车挤过
感觉你还懂避让

如烟，似雨，迷茫
近看晶莹透体
远看乌烟瘴气
胆战心惊，丈量车轮与悬崖的距离

这一路，越走车越少
越走我越孤单
理解生命的凄苦
冲破世俗的禁锢

若隐若现的灯光
选择了信任
这一路选择方知归宿

雾散了
依然感叹稳固的风险

    作者简介： 陈辉询，1981年8月生，昭通彝良人，高级工程师，诗歌爱好者。从事工程质量监督、工程造价、建筑设计等工作。

年夜饭好温暖

王军安

积雪融化，滴水绵绵
又迎来一个中国年
赶大集，办年货，选春联
准备除夕一家人的"年夜饭"
年夜饭，话团圆
又让我想起了儿时的过大年
除夕的年夜饭
是腊月三十
全家老小最幸福最开心的大聚餐

包水饺、炸肉丸
都是妈妈亲手去操办
想起母亲慈祥的容颜，瞬间现眼前
再次记起妈做的那顿年夜饭
数九的寒天，黄澄澄的太阳渐去渐远
日落西山，开始了新年除夕的夜晚
小巷里单响烟花一个接一个腾空升天
串串鞭炮齐鸣竹声连连
此刻，全家围坐在大方桌前
母亲端上碗碗热气腾腾的年夜饭
好"丰盛"
兄妹们睁大双眼，把口水舔
嗬，香喷喷的年夜饭早已飘进了我心田

爸爸举起酒杯

把来年的目标和打算跟母亲谈

妈妈满脸笑容

叮咛孩儿们要把学习成绩跑在班级前

一桌满满的年夜饭

可知母亲准备了很长时间

妈妈做的年夜饭

全家人品尝着格外的香和甜

如今母亲已去，皆思念，记心间

月光柔柔，星光灿灿

现在除夕这一天，我给全家做年夜饭

满桌的佳肴，色香齐全

可那味道，还是没有妈做的那种口感

无尽的思念

忙碌了一年，家家又升起了袅袅炊烟

中国的年夜饭

连着千千万万个家庭的团团圆圆和幸福美满

年夜饭，好温暖

年夜饭，我深深地眷恋

作者简介：王军安，1960 年生人，大专学历。在煤炭系统工作四十年，曾在机关从事文秘、矿志编纂工作，后下基层做管理及煤炭营销业务。曾任驻龙口港办事处主任、山西龙矿能源开发运销科长、山东能源龙口矿业集团销售总公司航运部副部长。已退休，现为龙口市诗歌诗词协会会员。

诗，我的相思

李桂莲

漫天的雪花
不是大自然的赐予
而是我心底的相思
凝结了世界的力量

长夜里，我的相思
纯洁而晶莹
化作一笺素诗
变成雪花陪你

长夜里，梅花悄然绽放
那是爱情的力量在滋润
享受爱的柔情
她才更加芳芬

长夜里，万籁俱寂
因为他们是懂事的孩子
静静地待着
不肯扰了爱的梦境

漫漫长夜，满天飞雪
这是我们的世界
我的爱人

你是否也站在窗前

享受雪花的温馨

作者简介：李桂莲，男，大学文化，水电工程师，中国作协沅江分会会员，龙凤文学院三院副总院长。汉寿县醉香种养专业合作社理事长，汉寿县龙凤寺居士。教过书，供过职，打过工，当过老板。作品获过奖，发表于网络。